少年读
神奇的狐狸
聊斋志异

马瑞芳 著

青岛出版集团 | 青岛出版社

序言

◎ 马瑞芳

蒲松龄创作的《聊斋志异》（简称《聊斋》）是一部伟大的作品，也是我40多年来一直研究的对象。2005年，中央电视台"百家讲坛"节目播出"马瑞芳说《聊斋》"，广受好评，时隔17年，我又专门给少年儿童读者讲解《聊斋志异》。我想从以下几个方面说一说我创作这部作品的初衷。

第一，少年儿童为什么可以读《聊斋志异》。

我国古代小说的发展源远流长，按照语言形式可分为文言小说和白话小说，按篇幅可分为短篇小说和长篇小说。文言短篇小说集《聊斋志异》和白话长篇小说《红楼梦》分别是这两种文学形式的典范，其中隐藏着一些很好的中国故事。

《聊斋志异》是中华民族文学艺术宝库中的一颗明珠，

少年读《聊斋志异》

在大多数讲述中国古代文学史的读物中，它都独占一章。《聊斋志异》真切地反映了社会生活，其内容的广度和深度都超出了在它之前诞生的同类作品，受到了广大群众的喜爱。从19世纪中期开始，《聊斋志异》就开始在国外传播，时至今日，共出现过日、英、法、俄等多个语种的译本。因此，我觉得有必要把这部伟大的作品介绍给少年儿童，让他们对这部作品的内容、思想、艺术手法等有一个初步的了解。

第二，少年儿童读《聊斋志异》会有什么收获。

首先，《聊斋志异》中的大部分作品宣扬真善美、鞭挞假恶丑，少年儿童阅读其中那些脍炙人口的故事，可以潜移默化地获得思想教益，进而一心向美，做有理想、有志气、有道德、有才能的人。比如读《劳山道士》，可以明白娇惰取巧必然碰壁的道理；读《细柳》，可以更深入地领会"自在不成才，成才不自在"的哲理；读《河间生》，可以帮助树立"好好读书，正派做人"的志向；等等。

其次，在《聊斋志异》中，蒲松龄运如椽大笔，"使花妖狐魅，多具人情，和易可亲，忘为异类"（鲁迅《中国小说史略》）。由他塑造的

序言

艺术形象和艺术世界充满想象力,少年儿童在阅读这些具有奇思妙想的故事时,不仅能感受到我国古人天马行空的想象,还能保持和发展自己的好奇心,打开想象世界的大门。

再次,《聊斋志异》的语言精练、生动、形象,写人状物,以一当十。少年儿童读《聊斋志异》,可以欣赏精金美玉般的文字,领略其中的诗情画意,体会汉语的简洁、含蓄、灵动、婉转之美。如"乱山合沓,空翠爽肌,寂无人行,止有鸟道"(《婴宁》)、"见长莎蔽径,蒿艾如麻。时值上弦,幸月色昏黄,门户可辨"(《狐嫁女》)等,都让人过目不忘。

最后,蒲松龄在创作《聊斋志异》的过程中,汲取众家之长,命题巧妙,构思严密,少年儿童读《聊斋志异》,可以跟蒲松龄这个大作家学习一些写文章的技巧:如何设置伏线、悬念,前后照应?如何把握使用关键词语?如何运用细节描写表现人物的性格和身份?等等。

上述是我在学习和研究《聊斋志异》之余,结合少年儿童的特点总结的一些感想。《聊斋志异》原文共490多篇,为了更好地让少年儿童了解、阅读《聊斋志异》,我选取了其中50多篇写成《少年读〈聊斋志异〉》(分《神奇的狐狸》《笔墨里的精灵》《走进大千世界》3册),讲述其中最经典的故事。

《少年读〈聊斋志异〉》在手,孩子们能在有利于心智的愉快阅读中学语言、学写作、学文化史常识,何乐而不为!

目录

- 阳光女孩般的娇娜　　／ 001
- 找"梁上君子"做朋友　／ 015

- 狐叟巧妙借力复仇　　／ 021
- 小狐女智斗高官　　　／ 033
- 狐叟寻机惩恶吏　　　／ 047

- 自此以往，我必正派　／ 055

- 爱笑的姑娘不笑了　　／ 061
- 官迷心窍，被狐狸嘲笑　／ 075

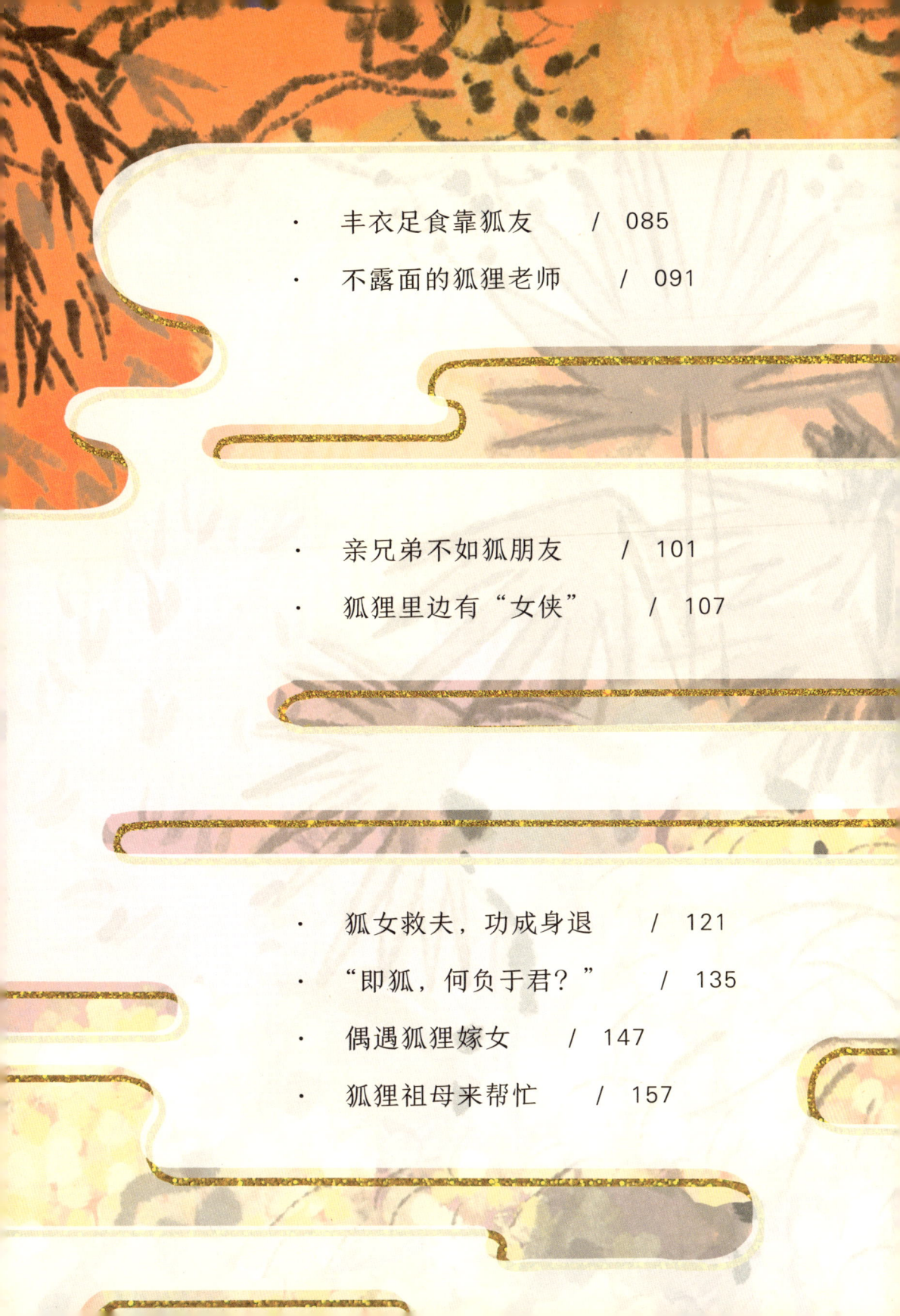

- 丰衣足食靠狐友 / 085
- 不露面的狐狸老师 / 091

- 亲兄弟不如狐朋友 / 101
- 狐狸里边有"女侠" / 107

- 狐女救夫,功成身退 / 121
- "即狐,何负于君?" / 135
- 偶遇狐狸嫁女 / 147
- 狐狸祖母来帮忙 / 157

阳光女孩般的娇娜

她聪敏美丽,
她妙手回春。
她与孔生生死与共,
她用奇术治病救人。

改编自《聊斋志异·娇娜》

说《聊斋》

主人公命名巧妙是《娇娜》写得好的第一要素。

故事的女主人公叫娇娜,我认为这个名字含有两重意义——娇媚可爱,婀娜多姿。

故事的男主人公叫孔雪笠(文中称"孔生")。"雪笠"——看到这个名字,你可能会想到柳宗元的诗:"千山鸟飞绝,万径人踪灭。孤舟蓑笠翁,独钓寒江雪。"大雪纷飞,戴笠而行,有顶风冒雪、顽强不屈的气势。故事的开头"孔生雪笠,圣裔也。为人蕴藉,工诗",也包含多重意义。第一,主人公是孔子的后裔,暗指他秉持君子之德;第二,主人公"为人蕴藉","蕴藉"多形容言语、神情等含蓄而不显露,这里不仅表示宽厚有涵养,还有舍己为人、大义凛然的意思;第三,孔生擅长写诗,说明他很有文采。蒲松龄在《聊斋志异》中很擅长给人物命名,有时人名即暗示人物的性格和命运。

偶遇名门望族

孔生的朋友在天台做县令。他去投靠朋友,朋友却去世了。孔生没有钱,只好居住在寺院中,给和尚抄经。

寺院西边不远处,是一户姓单的人家的宅院。有一天大雪纷飞,孔生经过单家门口,看到一个仪容俊秀、风度翩翩的少年从门里走出来。

少年看到孔生,忙上前施礼,并请他到家里做客。

孔生来到屋内,见屋子里有很多古人的字画,桌上放着他从没见过的书《琅嬛(lánghuán)琐记》。【评】"琅嬛"是传说中神仙居住的地方,这个书名暗示住在这里的不是寻常人。* 孔生以为,既然少年住在这里,应该就是院子的主人,所以没问他的家世。

少年同情孔生的遭遇,建议他开个私塾收学生。孔生表示自己流落在外,没人推荐。少年说:"如果您不觉得我愚笨,我愿意拜您为师。"

孔生听了很高兴,不过他不愿意当少年的老师,更愿

---

* 本书作者在讲《聊斋志异》故事的同时,对书中人物、情节、线索或相关细节有所点评、议论,本书均以【评】的形式予以呈现,便于读者更好地理解作品内容和作者思想。以下不再注明。

神奇的狐狸

意当他的朋友。少年告诉孔生："我们家姓皇甫，是陕西人，暂时借住在单家。"两人交谈融洽，孔生在这里住了一晚。

第二天早上，家童来报告："太公来了！"孔生连忙起来。皇甫老翁白发苍苍、文质彬彬，热情地感谢孔生："我儿子刚开始学习，请先生把他当成平辈人，严格地教育他。"皇甫老翁送给孔生锦衣、貂帽、袜子和鞋，还请孔生吃饭。

孔生发现皇甫家用的器具光彩夺目，很多他都叫不上名字来。皇甫老翁礼貌周全、谈吐高雅，从形象到举止都像名门大户的家长。吃完饭后，皇甫公子拿出自己写的文章请孔生看。孔生一看，都是些诗歌散文，便问："你怎么不学八股文啊？"皇甫公子笑着说："我读书不是为了求取功名啊。"【评】这句话颇有深意——狐狸不需要参加科举考试，所以皇甫公子不学八股文。从此以后，两人便一同读书。皇甫公子非常聪明，过目成诵，两三个月后，写的文章令人惊叹叫绝。

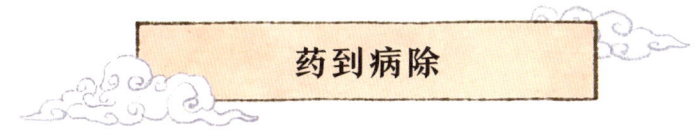

药到病除

有一天，孔生病了，胸前起了一个肿块，一夜间长得像碗那么大，疼痛难忍。皇甫公子不读书了，每天都细心地照顾他。又过了几天，孔生病得连饭都吃不下了，皇甫

老翁也没办法。

皇甫公子对父亲说:"我想,老师这个病,娇娜妹妹一定能治。我已经派人到外祖母那里请她来了,她怎么还没到啊?"

话音刚落,家童进来报告:"娇娜姑娘来了!"【评】娇娜就是故事的女主人公,她的露面像戏曲名角"挑帘红",一出场就光彩四射:"年约十三四,娇波流慧,细柳生姿。"意思是眼波一转,流露的是智慧;身姿苗条,像细柳拂风。这句话简练传神,描写非常生动。

看到这么美丽的姑娘,孔生喜出望外,连疼痛都忘了。

皇甫公子对娇娜说:"这位孔先生是我的好朋友,我与他就像同胞兄弟。妹妹,你要好好给他治疗。"

娇娜见到陌生男子,本来比较害羞,听到要给他治病,立刻敛起羞容,到床前给孔生把脉。孔生顿觉阵阵兰花似的香气扑面而来。

把完脉,娇娜说:"先生的病虽然很重,但还可以治。不过脓块已经凝结,必须得开刀了。"

娇娜取下手臂上的一只金镯(zhuó)子,套到孔生长肿块的地方,慢慢地按下去。肿块在镯子里凸起,不像原来那么大了。她又解下身上的佩刀——刀刃比纸还薄——轻轻地把肿块割了下来。

娇娜给孔生清洗完伤口后,又从嘴里吐出红丸,放到

神奇的狐狸

孔生的伤口处，按着它旋转。红丸转第一圈，孔生觉得伤口像被火烧灼似的疼；再转一圈，孔生觉得伤口开始发痒，似乎长出新的肌肉；转到第三圈，孔生病痛消失，浑身轻松。

娇娜把红丸收起，说："治好啦！"说完便快步离开了。【评】民间传说，红丸是狐狸经过很多年修炼才形成的，狐狸靠红丸长生不老，娇娜则用红丸治病救人。

孔生身上的病好了，"心头病"却来了。他想念娇娜，百无聊赖。

皇甫公子看出来了，说："先生，您需要成家了，我给您物色了个好对象。"

孔生忙问是谁。皇甫公子说："是我的一个亲戚。"

孔生一心思念娇娜，但又不能直接说出来。他谢绝了皇甫公子的好意，对着墙壁念了两句诗："曾经沧海难为水，除却巫山不是云。"

皇甫公子知道孔生对娇娜产生了感情，其他女子已经无法让他

少年读《聊斋志异》

动心,便对孔生说:"我父亲仰慕您,一直想与您结为姻亲,但我只有娇娜一个妹妹,她太小了。我表姐阿松十八岁,知书达理,长相不俗。您如果不信,等表姐到院子里来的时候,您可以见见。"

后来,孔生看到了那个女子,形貌果然和娇娜差不多。孔生同意了,皇甫家给他们安排了隆重的婚礼。

久别重逢

孔生成婚后,皇甫公子告诉他全家人要回陕西。孔生想跟他们一起走。皇甫公子不同意,让他回故乡。孔生有些为难:路途遥远,我又没有钱,带着家眷怎么回去?皇甫公子知道他的担忧,说:"先生不要担心,我送您回去。"

皇甫老翁给孔生送来黄金,皇甫公子用左手和右手分别与孔生、松娘互相把握,嘱咐他们闭上眼睛,不要睁开。孔生只觉得自己飘然飞上天空,耳边的风呼呼作响。过了一会儿,皇甫公子说"到了"。孔生睁开眼一看,果真回到了家乡!他这才知道,皇甫公子也不是寻常人。

孔生高高兴兴地敲开家门。孔生的母亲一看,儿子回来了,还带回来一个漂亮的妻子,非常高兴。孔生再一回头,皇甫公子已经不见了。

松娘孝敬老人,她的美丽贤惠名闻遐迩。后来,孔生考上了进士,做了陕西延安府的司李(掌管狱讼的地方

神奇的狐狸

官），带着妻子和儿子上任。再后来，他因为正直得罪了上司，被罢了官。有一天，他偶然到郊外打猎，看到一个骑着黑色骏马的公子，仔细一瞧：哎呀，是皇甫公子！

皇甫公子把孔生请到家里。皇甫家的大门上镶着包金的大圆钉，一看就是很有地位的世家大族。

孔生和皇甫家的人寒暄，得知娇娜已经出嫁了。第二天，孔生带着妻儿又来到皇甫家。娇娜也来了。

孔生感谢娇娜当初给他治病，娇娜笑着对他说："姐夫现在富贵了，有没有好了疮疤忘了痛？"她说话调皮有趣，像妹妹跟哥哥开玩笑似的。

孔生仗义救狐

有一天，皇甫公子一脸忧愁地对孔生说："天降凶殃，先生能救救我们吗？"孔生虽然不知道发生了什么事，但仍马上说："我一定救你们！"

皇甫公子把一家人招来，围成一圈，拜谢孔生。孔生惊奇地问："这是怎么回事？"皇甫公子说："不瞒先生说，我们是狐狸，即将遭遇雷霆之灾。您如果愿意为我们以身抵挡，则满门老小都可以活下来。不然，请您抱着儿子离开，我们绝不会连累您……"孔生毅然说："这是什么话？我一定和你们同生死、共患难！"

皇甫公子给了孔生一把剑，说："您拿着这把剑站在

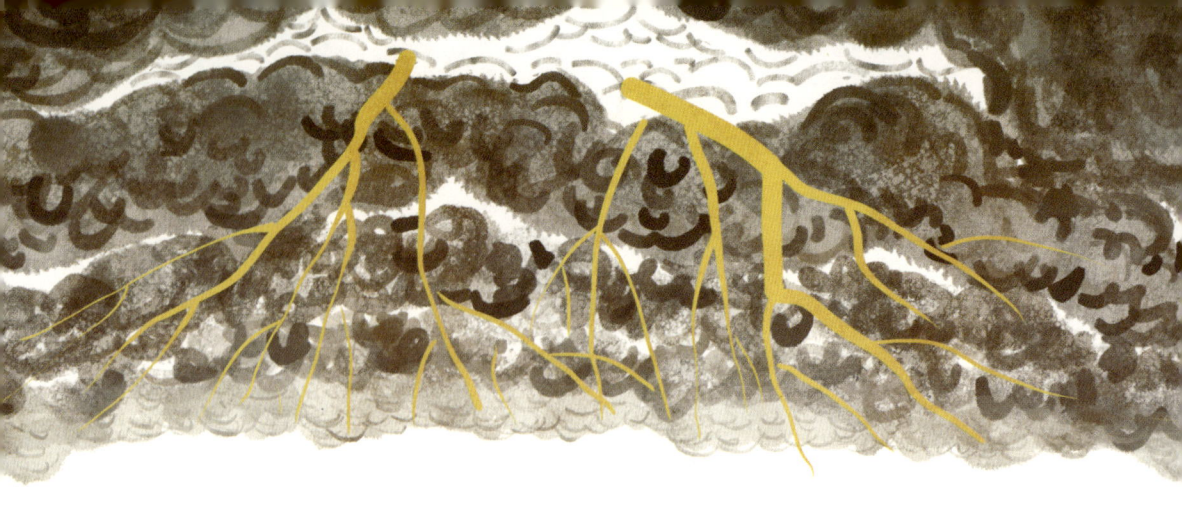

我们家门口,不管有多么威猛的雷霆轰击,都不要动!"

于是,孔生拿着宝剑站在皇甫家门口。不一会儿,风云突变,阴云密布,大白天如同夜晚一般,天空黑得像压了一块大石头。孔生扭头一看,哪儿还有世家大户的宅院?哪儿还有装饰金色钉子的大门?只有一个深不见底的大洞!

孔生正觉得奇怪,只听巨雷轰鸣,天崩地裂,树木摧折。孔生虽然被震得目眩耳聋,但仍屹立不动。忽然,他看见滚滚黑烟中出现了一个恶魔,爪子长长的,从洞穴中抓出一个人,随着黑烟升上天空。

孔生定睛一看:哎呀,这不是娇娜吗?他拿着宝剑跳了起来,拼尽全力向恶魔刺去。恶魔被击退,娇娜落了下来……紧接着又一个巨雷炸响,孔生被震倒在地,没了声息。

不一会儿,天放晴了,娇娜苏醒过来,哭道:"孔先生为我而死,我还活着做什么?"她叫松娘捧着孔生的头,叫皇甫公子拿金簪拨开孔生的牙齿,自己吐出红丸,将它送到孔生嘴里。

神奇的狐狸

　　红丸随气入喉，咯咯作响。过了一会儿，孔生居然苏醒了！【评】请注意，这是第二次出现红丸。第一次娇娜用红丸给孔生治好了病，这一次她又用红丸救了孔生一命。

　　孔生醒来，看到阖家安全，很是高兴。他跟皇甫公子商量道："你们怎么能住大洞呢？跟我一起回我家乡吧！"大家都赞成，只有娇娜闷闷不乐。

　　孔生想请娇娜的丈夫吴郎一起去，大家却担心吴家不会让吴郎这个小儿子到远处去。这时，吴家的一个小仆人跑来报告：吴家也遭了劫难，家里人都命丧雷霆。

　　娇娜听了，悲痛地哭了起来。大家都来劝慰她，带她一起随孔生回到了故乡。

　　孔生把家里闲置的院子交给皇甫一家居住，院门经常反锁，只有孔生和松娘来时才打开。孔生和娇娜以兄妹相称，亲如一家。孔生的儿子长大后，非常俊秀，人们都知道他是狐狸的孩子。

　　【评】蒲松龄在"异史氏曰"中说：我不羡慕孔生得到美丽的妻子，而羡慕他有娇娜那样的朋友。看到她的容貌，可以使人忘记饥渴；听到她的声音，就会开怀而笑。我认为，孔生和娇娜不是一般的朋友，而是深相知、长相忆，且在关键时刻勇于为彼此奉献。娇娜这样一个阳光女孩般的狐女，美丽聪慧、肝胆照人、纯洁可爱，是中国小说史上为数不多的如此独特、别致、动人的艺术形象！

神奇的狐狸形象

　　机智、狡诈、多变的狐狸形象，一直是我国古代小说重点描写的对象之一。当然，这也是一个世界性的文学现象。有研究者曾指出，世界上很多地方把狐狸视为"文化英雄"，意即它具有承载不同的文化内涵的价值。

　　我国传统观念认为，狐是一种狡猾的动物，是"妖兽"（《说文解字》）。《山海经》中有九尾狐"其音如婴儿，能食人（吃人）"的记载，六朝短篇小说中则有狐狸能变化为女子、专门迷惑人的记载。明代长篇小说《封神演义》中狐狸精附在妲己身上害人毁国的故事，更是广为流传。总体来说，在蒲松龄之前，古籍中的狐狸形象最大的特点是害人，然而《聊斋志异》则彻底颠覆了上述种种传统写法，创造了一大批狐女形象。她们或美丽动人，或智谋超群，或慷慨好义，可以说多彩多姿，令人眼花缭乱。当然，在这些故事中，都有现实世界的影子，寄寓着作者对社会和人生的深刻思考。了解狐狸形象在我国古代小说中的演变，有助于我们更好地解读《聊斋志异》。

神奇的狐狸

哲理金句

滴水之恩，当涌泉相报

　　意思是在困难的时候即使受人一点小小的恩惠，以后也应当加倍报答。

文化史常识

【曾经沧海难为水，除却巫山不是云】这是唐代诗人元稹《离思五首》中的诗句，意思是：经临过深广沧海的人，别处的水就难以吸引他；除了巫山神奇变幻的云彩，别的地方的云都黯然失色。

【异史氏曰】汉代的司马迁在《史记》中的大多数篇章后有"太史公曰"（"太史公"指司马迁自己）的体例，用以议论史事、表达思想。蒲松龄以"异史氏"自居，也模仿《史记》的体例在《聊斋志异》的很多故事篇末加"异史氏曰"，表达自己对故事的看法，或补充其他内容等。

原典精读

一日,大雪崩腾❶,寂无行旅。偶过其门,一少年出,丰采甚都❷。见生,趋与为礼,略致慰问,即屈降临。生爱悦之,慨然❸从入。屋宇都不甚广,处处悉悬锦幕,壁上多古人书画。

注释

❶崩腾:大雪纷飞的样子。❷都:仪容秀美。❸慨然:痛快的样子。

大意

有一天,大雪纷飞,道路上静悄悄的,没有行人。孔生偶然经过单先生家门口,见一个少年从门里走出来,容貌俊秀,风度翩翩。少年看到孔生,便过来向他行礼,略致问候后,就邀请他到家里做客。孔生很喜欢他,痛快地跟他进了门。房屋虽然不太宽敞,但是处处悬挂着锦制的帷幕,墙壁上挂着许多古人的字画。

找『梁上君子』做朋友

一个是读书人,一个是狐叟。谈诗论学好好的,读书人却心生贪欲。钱雨哗哗而下,狐叟拂袖而去……

改编自《聊斋志异·雨钱》

说《聊斋》

六朝时期的小说中，曾经有饱读诗书且以老翁的相貌出现的狐狸形象——"狐叟"。蒲松龄可能受此启发，也创造了不少生动的狐叟形象。他们阅历丰富、见识卓越，常常给人指点迷津。

《雨钱》是一篇很短但很著名的《聊斋志异》故事。故事中的狐叟姓胡（谐音"狐"），名"养真"，有"我善养吾浩然之气"（孟子语）之意。原本性格旷达的秀才有这样的狐狸朋友相助，可以学问日进，但他却钻到钱眼里去了，幻想借狐狸之力不劳而获。

胡翁想了一个办法，让秀才"实现"了发财致富的梦想，再挖苦他应该跟"梁上君子"交朋友。这样的故事读起来，真是妙趣横生！

一天，滨州有个秀才正在书斋里读书，忽然听见有人敲门。他打开门一看，一位须发皆白的老者站在门口，相貌风度十分古雅。

秀才请老者进屋，请教他的姓名。老翁说："我叫胡养真，是个狐仙。我仰慕你为人高雅，愿意跟你一起讨论学问。"

秀才心胸旷达，听说来者是狐仙，也不大惊小怪。他跟胡翁谈古论今。胡翁知识渊博，上知天文，下晓地理，诗词歌赋无所不精，说起话来妙语连珠；有时阐发经典、辨别名物，讲得十分精辟，普通的读书人望尘莫及。

秀才对胡翁佩服得五体投地，留他住了许久。

这天，秀才悄悄地乞求胡翁："你对我如此厚爱，而我这么贫困，你是狐仙，弄点儿钱轻而易举，为什么不稍微周济我一下呢？"

胡翁听了，沉默不语，似乎很不赞同。过了一会儿，他微笑着说："这是件很容易的事，但需要有十几枚钱做母钱。"

秀才按照胡翁的要求，准备了十几枚钱。

胡翁和秀才一起走进密室。

少年读《聊斋志异》

胡翁口中念念有词，迈步作法。不一会儿，数万枚钱从梁间"哗啦哗啦"落下来，房间里好像下了一场钱雨。

转眼间，金钱没过秀才的膝盖。秀才拔出脚，站在钱堆上，钱接着又没过他的脚踝。一丈见方的屋子里，竟然堆了三四尺厚的铜钱。

胡翁看了看秀才，问道："这下你满意了吗？"

秀才高兴地说："够了，够了！"

胡翁一挥手，钱雨立刻停止了。两个人锁上门，走了出去。

秀才暗暗高兴：这下我有数不尽的财富啦！

胡翁走后，秀才迫不及待地想到密室取些钱用。待他打开门，却见满屋子的钱都化为乌有，只有他原来的那十几枚钱，稀稀落落地散在地上。

秀才大失所望，怒气冲冲地去找胡翁理论，埋怨他欺骗自己。

胡翁生气地说："我与你本来是'文字之交'，从来没想过和你一起做贼！假如你想合你的心意，只该去找'梁上君子'交朋友，恕老夫不能从命！"说完拂袖而去。

神奇的狐狸

哲理金句

君子固穷,小人穷斯滥(làn)矣

意思是君子即使到了穷途末路,依然固守节操;小人身处逆境,就容易想入非非、胡作非为。语出《论语》。

文化史常识

【梁上君子】据《后汉书·陈寔(shí)传》载:陈寔夜间在家里发现有小偷,小偷连忙躲到房梁上。陈寔把子孙召来,告诫他们要好好做人,否则就会堕落到像梁上那位君子。小偷大惊,下地请罪。后人以"梁上君子"谐称小偷。

狐叟巧妙借力复仇

「慧眼识珠」的南山翁，帮助李秀才成为『九山王』。官府围剿的队伍来了，南山翁却不见了踪影……

改编自《聊斋志异·九山王》

说《聊斋》

"九山王",顾名思义是占山为王的豪杰。据历史学家考证,清代初年,山东西南部确实出过一个九山王,有的人说他叫王俊,有的人说他叫王小吾,也有的人说他叫王肖武。据传,他曾率部攻占过郯(tán)城,最后被朝廷派兵剿灭。

蒲松龄从历史记载中借了一点儿影子,创造了一则精彩的狐狸复仇的故事。李秀才残忍地杀害没有过错的狐狸家族,只有狐叟死里逃生。狐叟是个深谋远虑的"心理学家",从李秀才的残忍行径中看出他有野心,于是巧妙地诱使他啸聚山林,成为九山王,同时也成了朝廷的"眼中钉"。最终,李秀才被朝廷剿杀,狐叟借官府之手报了家人无辜被害之仇。

荒园焕然一新

曹州有一个姓李的秀才,虽然家境富裕,但家里的房子却不大,只够自己和家人居住。他的房后有个园子,面积不小,由于长时间荒废,长满了荒草。

有一天,一个老者拿着一百两银子来租房子。李秀才说:"我家没有房子出租啊。"老者说:"你接受就是了,不用烦恼忧虑。"李秀才不明白他的意思,但还是收下了银子。【评】李秀才内心贪婪,明明家里没有房子,但见钱眼开,收了老者的租金。

一天后,村里人看到许多车轿装着老老少少一大群人进了李家。大家百思不得其解:李家哪有地方安顿这么多人啊?有人去问李秀才:"你家怎么来了这么多人?他们住在哪里啊?"

李秀才也不知道怎么回事。他回家一看,家里一个外人也没有,家人也没发现什么异常。咦,这是怎么回事?村里人说的那么多人到哪儿去了?

几天后,租房的老者来拜访李秀才。

老者衣帽整洁、温文尔雅,礼貌地说:"我们在你家住了好几天了,事事都是草创,起炉作灶,还没有空闲向你表示心意。今天我让孩子们备了些粗茶淡饭,感谢你让

少年读《聊斋志异》

我们住在这里,还请你大驾光临。"

李秀才跟着老者走进自家后院。

原来,屋后的荒园里不知何时盖起了大屋,院落变得焕然一新。李秀才进入房中,见窗明几净,陈设豪华。走廊上烫着酒,热气腾腾;厨房里烧着菜,香气氤氲(yīnyūn)。

李秀才还看到,原来荒凉的院子被收拾得干干净净、整整齐齐;有不少年轻人来来往往,男女青年笑语绵绵,帘幕后传来他们欢快的笑声,好像有百十口人,一派欣欣向荣的大家族景象。【评】蒲松龄用凝练的语言描绘了一幅家庭和乐、热诚待客的景象。这段文字常被古代小说研究者作为《聊斋志异》的代表性语言引用。我把它附在文后,供小读者阅读体味。

老者请李秀才入席。他谦恭地举杯敬酒,一再布菜:"你吃点儿这个!""你尝尝这个!"

酒香菜美,李秀才从来没吃过这么好吃的饭菜。十几个丫鬟奴仆走来走去,上菜,递酒,送茶。

老者礼貌周全,殷勤待客,直到李秀才酒足饭饱,才恭恭敬敬地把他送回前面的庭院。

李秀才赶尽杀绝

经历了这段奇遇,李秀才明白了,这家人都是狐狸,于是起了杀心。

神奇的狐狸

他每次到集市,都会购买硝石、硫黄。【评】二者都是制作火药的主要原料。过了一段时间,他积攒下了几百斤,趁后院的人不注意时,悄悄地把各处堆满。

一切准备就绪,李秀才突然点火。只听各处巨雷齐响,火焰直冲霄汉,滚滚黑烟在空中形成了一朵黑色的灵芝。焦臭扑鼻,烟尘迷目,哭叫声、呼喊声震耳欲聋。等到大火熄灭,李秀才兴高采烈地进入后院检查自己的"胜利成果"。

少年读《聊斋志异》

他看到满地都是大大小小的狐狸尸体,焦头烂额者不可胜数。李秀才正得意时,那位请他喝酒的老者——狐叟——从外边回来了。

狐叟震惊极了:自己的家眷子孙、仆人丫鬟全部遇害,满院都是同类的残骸,惨不忍睹!

狐叟哀恸不已,责备李秀才道:"我们跟你向来无冤无仇,也从来没有给你造成任何麻烦。一个荒园,我一年交给你一百两租金,不能算少。你为什么如此残忍,竟将我们灭族?这样的奇惨之仇,绝无不报之理!"

狐叟说完,愤懑(mèn)地离开了。

李秀才不以为然,心想:狐狸能怎么报复我?无非是向房间里丢丢瓦片,往锅里丢个死老鼠呗。

过了一年多,李秀才家一点儿异常也没有。

来了一个"南山翁"

当时恰好是兵荒马乱的时节,啸聚山林者很多,有的地方造反的队伍有上万人,官府也不敢出兵抓他们。

李秀才因为家里人多,日夜担心被劫掠。

这一天,李秀才听说村里来了个算命的"南山翁",谈及人的生平事迹、穷通祸福,真切得跟他亲眼看到过一般。

李秀才连忙把南山翁请到家里,说:"请老先生给我算算命。"

南山翁一见到李秀才,便肃然起敬,道:"你是真龙天子啊!"

李秀才大惊:"先生,你可不能胡说啊!"

南山翁郑重其事地说:"我说的一点儿也不错!"

李秀才半信半疑,问:"哪有白手起家做天子的?"

南山翁说:"不然。自古以来,开创基业的帝王大多出身于普通人家,难道他们生下来就当天子?"

听到这话,李秀才头晕目眩:难道我也能当皇帝?

他向前移动座席,靠近南山翁请教道:"那你看我怎样才能成为天子呢?"

南山翁说:"你需要有个辅佐你的军师啊!我就是你的'卧龙先生'诸葛亮。有我的帮助,你的帝王大业一定能成功！"

李秀才问："我现在要做些什么？"

南山翁说："你先准备几千套盔甲和几千张弓弩，组织起造反的队伍来。"

李秀才有些迟疑，问："会有人追随我吗？"

南山翁说："臣请为大王联络各个山头，结成联盟；再四处宣扬大王是真命天子出世，各个山头的兵卒听闻，一定会响应你的！"【评】八字还没一撇呢，南山翁便先对李秀才自称"臣"。见到有人恭敬地称臣，李秀才当下便乐得找不着北了。

李秀才立即派南山翁出发。他把多年积攒、埋藏在地窖里的银子取出来，请了很多工匠打造盔甲和兵器。

过了几天，南山翁回来了，说："借大王的威福，再加上老臣的三寸不烂之舌，各个山头的人没有不愿意追随大王的！"

不到十几天工夫，果然有数千人归顺李秀才。

于是，李秀才正式拜南山翁为军师，立起"李"字帅旗，起兵造反了。一时间，山头上彩旗如林，李秀才安营扎寨，声势浩大，名震一方。

当地的县令率兵前来讨伐，南山翁指挥众人抵抗，大破官军。

县令害怕了，忙向兖（yǎn）州府告急。

兖州府的人马长途跋涉而来，中了南山翁设下的埋伏，兵败如山倒，死伤惨重。

神奇的狐狸

经此一役，李秀才的声威大震，党徒数以万计，于是自立为"九山王"。

南山翁对李秀才说："咱们山寨的马太少了，恰好朝廷要从京城运一批马到江南，途经此地，我带一支军队把这些马尽数夺下来！"

连朝廷征用的军马都敢抢劫，九山王名声大噪。李秀才封南山翁为"护国大将军"，自己则在山寨上高卧，以为很快就能黄袍加身了。

借力复仇

山东巡抚因为朝廷的马被劫，害怕自己被追责，打算进剿九山王；又得到兖州府兵败的报告，越发恼火。于是，他发精兵数千，让山东多个地方的官府一起出兵，合围九山王。

朝廷剿匪的旗帜满天飞舞，从山东各处集结而来的官兵遍布山野。这下九山王害怕了，连忙命令手下："赶快请护国大将军来商量大事！"

手下回复："护国大将军不知道跑到哪儿去了！"

九山王登山一望，看着漫山遍野攻打山寨的官兵，一筹莫展，说："现在我才知道，还是朝廷的势力大……"

山寨被攻破，李秀才束手就擒，一家老小全被捉住。

被绑到刑场上的李秀才，看着将要被处斩的家人，终于恍然大悟：原来南山翁就是当年租我家房子的狐叟啊！他引诱我造反，给我制造了灭族之祸，是要报当年我灭他全族的大仇啊！

【评】狐叟复仇的计谋真巧妙！正所谓有土壤而不播种子，就是浇水灌溉也不会发芽。李秀才残忍地杀害狐叟一家，说明他内心埋藏着做强盗的种子。所以，狐叟才能助它发芽，并借此报了自己的灭族深仇。蒲松龄在"异史氏曰"中说：一个人跟妻子儿女老老实实地待在自己家里，连帽子都不戴，随随便便，闲适自在，哪里会被杀呢？即使被杀了，又有什么缘由引来灭族之祸？他以此表达对李秀才残忍行径的气愤，并暗示李秀才的结局是咎由自取。

壤无其种者，虽溉不生

如果土壤里没有种子，即使浇水灌溉也不会发芽。比喻一些人的行为（特指恶行）之所以会发生，是因为有潜在的意识作祟（suì）。语出《聊斋志异》。

哲理金句

原典精读

　　入室，陈设芳丽。酒鼎沸于廊下，茶烟袅于厨中。俄而❶行酒荐馔(zhuàn)❷，备极甘旨❸。时见庭下少年人往来甚众，又闻儿女嗫嚅❹，幕中作笑语声。家人婢仆，似有数十百口。

注释

❶俄而：不久，顷刻。❷行酒荐馔：斟酒布菜，指席间殷勤待客。荐，进献。❸甘旨：泛指美味佳肴。甘，甜；旨，味美。❹嗫嚅：低声细语的样子。

大意

　　走进室内，只见陈设华丽，满屋芳香。廊下酒鼎已经烧热，厨房中的茶炉冒着青烟。不一会儿，老者给李秀才斟酒布菜，有各种美味佳肴。时常看到庭院中有很多年轻人来来往往，还听见男女青年低声说话，帘幕后边传来他们的笑声。这个家里的家人和奴仆，好像有上百口。

小狐女智斗高官

何处来的美丽女子,
帮助患得患失的家长,
巧妙教训朝廷高官?
她花样翻新乐于嬉戏,
治病救人妙趣横生。

改编自《聊斋志异·小翠》

说《聊斋》

《小翠》写的是狐女助人的故事,她助得精彩,助得巧妙,助得风生水起、妙趣横生。

接受狐女帮助的是谁?是王太常。"王太常"并不是人名,而是一个姓王的人,担任"太常卿"的官职。这是王某最终担任的官职,成了蒲松龄对他的代称,就像杜甫做过工部员外郎,所以人们也称他"杜工部"一样。不过在小说的前半部分,王某还未当上太常卿,而是"侍御",所以我在解读这则故事时也称其"王侍御"。

王侍御童年时白天睡觉,忽然巨雷大作,有个比猫大点儿的狐狸伏在他身下,直到天放晴才离开。也许是因为他无意中保护过狐狸,所以后来才当了县令,又成了侍御。不过,他也有自己的烦恼:政敌虎视眈眈,想扳倒他;自己只有一个儿子,却生性痴傻。故事就是从这里开始的……

天上掉下个"好媳妇"

有一天，有个贫妇带着一个少女来到王侍御府上，要让少女给王家做媳妇。

王侍御一看，这个少女嫣然而笑，真是个天仙似的人物。【评】《聊斋志异》原文为"嫣然展笑，真仙品也"，极言小翠之美。

王侍御问她的姓名。贫妇回答："这是我的女儿，名叫虞小翠。"

贫妇一文钱的聘金也不要，立即命女儿以儿媳的礼节拜见王侍御夫妇，接着就离开了。

不久，王夫人就让儿子王元丰和小翠拜堂成亲了。

王侍御夫妇宠爱小翠，却担心小翠嫌元丰痴傻。不料小翠一点儿也不嫌弃丈夫。她做了个大圆布球，穿着皮靴，一脚把球踢出去几十步远，哄着元丰一起玩乐。

这一天，小翠正踢球时，王侍御恰好经过，圆球"轰"的一声飞到王侍御的面门上。

小翠和丫鬟吓得藏了起来，元丰跑过去捡球，被王侍御狠狠地教训了一番。

王侍御把这件事告诉了王夫人，王夫人转头责备小翠。小翠只是低头微笑，也不反驳。

少年读《聊斋志异》

王夫人走后,小翠照样玩闹。王夫人没办法,就去打儿子元丰。元丰大喊大叫,小翠这才变了脸色,屈膝向王夫人求饶。

王夫人走后,小翠拉元丰进了房间,替他拍掉身上的泥土,擦干眼泪,拿出栗子、枣子哄他吃,元丰破涕为笑。小翠还把元丰打扮成楚霸王和沙漠人的形象,自己则穿上艳丽的衣服,翩翩起舞;或者在发髻上插上野鸡翎,扮昭君出塞。只听叮叮咚咚,满屋都是她的笑声。

王侍御因为儿子痴傻,不忍心责备儿媳妇。小翠似乎只是哄着丈夫玩闹,其实她是想让街坊邻居都知道:王家有个疯疯癫癫的儿媳妇,天天跟傻丈夫玩闹。【评】小翠表面上疯玩傻闹，实际上运筹帷幄，用"颠"和"疯"来掩盖绝顶的智慧和过人的心计。

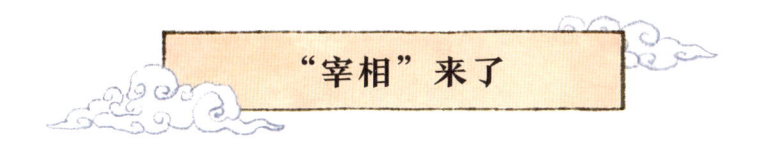

"宰相"来了

跟王侍御住在同一条巷子里的，还有一个官员——王给谏。他妒忌王侍御手握河南道巡察御史的大权，总想找机会诬陷他。王侍御明明知道王给谏的阴谋，却想不出应对的办法。没想到小翠接连办了两件看似荒唐的事，帮了王侍御的大忙。

有一天，王侍御夫妇已经睡下了，小翠戴上帽子，在嘴上贴上浓密的胡须，打扮成宰相的样子，还把丫鬟打扮成随从，让她牵着马来到街上，高声喝道："宰相大人要去拜访王先生！"

"宰相"打马跑到王给谏门前，大声斥责"随从"："我要拜访的是侍御王先生，你们怎么把我领到给谏王先生家了？"说完掉头就走。

小翠回到家，王侍御府上的人真的以为宰相来了，连忙报告了主人。

王侍御赶紧穿官衣、戴官帽出来迎接，一看才知道是小翠闹着玩呢。他气极了，说："那王给谏正想方设法寻我的错呢，你倒好，做出这等荒唐事！叫他知道了，咱们家就倒霉了！"王夫人也指责小翠。小翠只是笑着听他们说，什么也不解释。

王夫人心想：打她吧，不忍心；把她轰走吧，她无家可归。她与王侍御二人愁得整夜不能入眠。

当时，宰相气焰熏天，他的仪表风采跟小翠扮演的没有区别。王给谏真的以为宰相拜访王侍御了。第二天早朝时，他见到王侍御，问："听说昨天夜里宰相到你家里去了？"王侍御以为他知道了儿媳妇的恶作剧，红着脸"哦、哦"应了几声。这下倒好，王给谏越发怀疑宰相跟王侍御交情不浅了。

因为小翠演的这出戏，王给谏暂时打消了陷害王侍御的念头。不仅如此，他还主动跟王侍御套近乎。王侍御探知内情后不禁窃喜。

这是什么皇帝？

一年后，宰相被罢官，恰好他有一封私信要给王侍御，却被属下错投给了王给谏。

神奇的狐狸

　　王给谏自认为抓住了王侍御的把柄，托人找王侍御"借"（其实是敲诈）一万两银子，但被王侍御拒绝了。过了几天，王给谏亲自登门，想威胁王侍御。

　　王侍御急忙翻找官衣官帽，准备见他，奇怪的是怎么也找不到了。

　　这一边，王给谏正恼火王侍御不肯速速相见、傲慢无礼，忽然看到元丰穿着龙袍、戴着皇冠，被一个女子从房间里推了出来。

　　王给谏灵机一动，也不等王侍御出来了，忙笑着安抚元丰，让他把龙袍脱下来、把皇冠摘下来交给自己，然后抱起来就跑了。

　　等王侍御找到衣帽，穿戴好出来，王给谏早就走了。

　　王侍御问清缘故，吓得面色如土，号啕大哭，说："哎呀，儿媳妇闯了大祸了！说不定哪天就害得我们被诛灭九族！"

　　王侍御夫妇拿着棍棒去找小翠。小翠关上门，听凭他们在外边叫骂。

　　王侍御气极了，要用斧头去砍小翠的门。

　　小翠在门里笑嘻嘻地说："公爹莫生气，刀锯斧钺自有我来承受，必定不会害了二老。您这样做是想杀了我灭口吗？"

　　小翠伶牙俐齿，话说在理上。听到她这么说，王侍御只好作罢。

　　却说王给谏走后，很快就向皇帝告发王侍御想谋反，

少年读《聊斋志异》

并交上龙袍和皇冠为证。

　　皇帝让人呈上来一看：哪儿有什么皇冠？不过是高粱秸插的小孩子的玩具；哪儿有什么龙袍？不过是个破包袱皮儿！

　　皇帝怒斥王给谏诬告大臣，接着把元丰召来，想看看他到底什么样子。

　　看到元丰痴痴傻傻的样子，皇帝忍不住笑了，说："就他这个样子，能当皇帝吗？！"

　　皇帝把这件事交给法司处理。王给谏狗急跳墙，又告发王侍御家有妖人。法司对王家仆人严加审问，都说王侍御家只不过有个傻儿子和疯儿媳妇；再问邻居，跟仆人说的一模一样。就这样，案子定了，王给谏被发配到云南充军。王给谏实在不明白：他明明拿到的是龙袍、皇冠，怎么到了皇帝跟前就变成小孩子的

040

神奇的狐狸

玩具和破包袱皮儿了呢?

王侍御也觉得小翠很奇怪,又因为她的母亲总不来,心想:小翠莫非不是人?她母亲是特地送她来保护我们的神人?他让王夫人问小翠到底是什么来历。小翠只是笑笑,不说话;再追问下去,就说:"孩儿是玉皇大帝的女儿,难道母亲不知道吗?"

【评】小翠不仅是元丰的玩伴,还是王侍御暗中的好帮手。小翠貌似玩闹嬉笑,实际上洞若观火,轻而易举地帮王侍御解除了心腹大患。而王侍御夫妇少勇缺谋、患得患失,成了小翠极好的衬托。

愤然出走

后来,王侍御升了官,成为太常卿。在小翠的悉心照料下,元丰也逐渐恢复正常,不再那么痴傻了。

过了一年多,王太常被弹劾(tánhé)。他找出广西巡抚送给他的玉瓶,想送给当权者,好让自己早日复职。

小翠拿着玉瓶赏玩,一不小心掉在地上,只听"砰"的一声,玉瓶碎了。

小翠很惭愧,连忙向王太常夫妇认错。

王太常夫妇正因罢官而心里不痛快,见此情景,非常生气,你一言我一语地责骂小翠。

小翠回到屋里,气愤地对元丰说:"实话告诉你吧,我不是人类，因为母亲遭遇雷霆之灾时，受过你父亲的庇护，这才前来报答。我在你们家保全的何止一只玉瓶？二老怎么这么不留情面，竟百般辱骂！"【评】小翠给了王家很大的帮助，仅因打碎了一只玉瓶，就被他们无情责骂，这正是她感到心寒的地方。

小翠说完，气呼呼地走了。元丰马上去追，可哪里还有她的影子！

小翠走后，王太常夫妇也感到惭愧不安。

元丰因为思念小翠，吃不下饭，睡不好觉，一天比一天憔悴。

王夫人要给他再娶一个妻子，元丰坚决不同意。他找画师画了一幅小翠的像，早晚观看，祈求她早日归来。

深情离别

两年后的一天，元丰从外边归来。村外有王家的园子，元丰骑马从园子旁经过时，听到园里有人说话，便让马夫拴住马，自己踩在马鞍上往墙里看。

原来，有两个女子在里面。此时云彩遮住了月亮，夜色昏昏，元丰看不清她们是什么人，只隐约看到一个穿红色的衣服，另一个穿绿色的衣服。

只听绿衣女子说："你这丫头，该把你轰出门去！"

红衣女子说："你在我们家园子里呢，你轰哪个？"

神奇的狐狸

"死丫头，不害羞，不好好做人家的媳妇，被赶出来了，还冒领物产！"

……

元丰听那红衣女子的声音很像小翠，急忙叫了一声："小翠——"

绿衣女子听见了，笑着说："我不跟你闹了，你家里有人来啦！"

红衣女子走到墙边，元丰一看：果然是小翠！他高兴极了，爬过墙去见小翠。

元丰深情地诉说自己的思念，并请小翠回家。

小翠不同意。元丰又派仆人跑去报告王夫人。不一会儿，王夫人坐着轿子来到园子里，拉着小翠的胳膊，泪流满面地说："过去都是我们的错！如果你不计较我们的过错，就请你跟我一起回家，让我们的晚年得到安慰。"

小翠仍然不愿意回去。王夫人无奈，只好让她暂时住在这里。她考虑园亭荒凉，想多派些人来服侍小翠。小翠说："其他人我都不愿见，除了以前两个早晚跟着我的丫鬟，让她们来照顾我吧！再就是外边派个老仆人看门就行，别的都不要。"

王夫人依照小翠的话去安排，假托元丰在园子里养病，每天派人把一应用度从家里送过来。

过了一年多，小翠的眉目声音渐渐跟过去不一样了，元丰拿出她的画像来看，简直判若两人。

有一天，小翠对元丰说："父母老了，你又是独子，我

043

不能生儿育女，所以想请你再娶个妻子，好侍奉二老。"

见小翠十分坚持，元丰只好到钟太史家下了彩礼。

娶亲的日子将近，小翠给新人做新衣新鞋。等新人进门来，大家都觉得她的模样跟小翠丝毫不差！元丰非常奇怪，急忙赶到园子里，却发现小翠已经不见了。

侍奉小翠的丫鬟拿出一块红巾帕，说："娘子暂时回娘家了，留下这个给公子。"

元丰打开巾帕一看，里边有块玉玦。【评】"玉玦"，寓意虞小翠跟王元丰永诀！善良的小狐狸完成了到人间帮助王家的使命，回归大自然了。

元丰知道，小翠再也不会回来了。大家这才恍然大悟：小翠预先知道元丰与钟太史女儿的婚姻，所以她先变成钟太史女儿的样子，以纾解元丰日后的相思之苦。

【文化史常识】

【楚霸王】指秦末著名的起义军首领项羽。史载他力能扛（gāng）鼎，志向过人。公元前206年，他自立为西楚霸王。后与汉王刘邦争夺天下，最终兵败自杀。

【沙漠人】指匈奴首领呼韩邪单于（chányú）。汉元帝时期，他曾入长安朝觐天子，并自请为婿，汉元帝将王昭君赐给了他。

《聊斋》里的秘密

讲故事的人——蒲松龄

《小翠》是《聊斋志异》中的名篇，通过它，大家会对蒲松龄讲故事的能力更加了解，但了解讲故事的人——蒲松龄生平的人却不多。在这里，我要简单地说一说。

蒲松龄字留仙，一字剑臣，别号"柳泉居士"。他出生在1640年（明崇祯十三年），1715年（清康熙五十四年）病逝。蒲松龄是山东淄川人（今淄川区蒲家庄有蒲松龄纪念馆），虽然出身并不穷困，但始终是劳苦大众中的一员。

少年蒲松龄科举得志，1658年（顺治十五年）参加科举考试，在县、府、道三试中均名列前茅，成为秀才，但后来屡试不第。为了糊口，他当了许多年的私塾先生。康熙初年，蒲松龄开始撰写狐鬼故事。1679年（康熙十八年），蒲松龄初次将手稿结集成书，名为《聊斋志异》，此后屡有增补。《聊斋志异》的写作历时多年，倾注了蒲松龄大半生的精力。

关于《聊斋志异》的成书，民间流传着一种说法：蒲松龄在柳泉摆上茶摊，请人喝茶讲故事；回到家后，他再根据听到的素材加工成文章。这种说法并不准确，蒲松龄为了生存，大多数时间在富贵人家当私塾先生，哪有空闲到柳泉摆上茶摊请人讲故事？不过，蒲松龄一直在有意识地向朋友搜集小说的素材。所以他在《聊斋自志》中说，自己"雅爱搜神"，"喜人谈鬼"，"闻则命笔，遂以成编"。

总之，蒲松龄是个伟大的作家。他曾经担心自己的作品没有知音，没有人能读懂《聊斋志异》，但是现在他的知音满天下。郭沫若先生曾以"写鬼写妖高人一等，刺贪刺虐入骨三分"，对《聊斋志异》做出了贴切的评价。

狐叟寻机惩恶吏

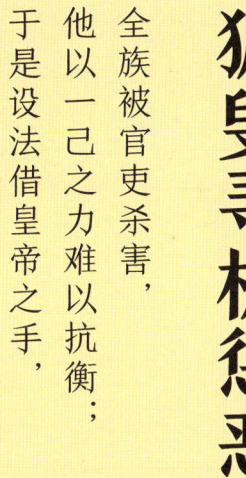

全族被官吏杀害,他以一己之力难以抗衡;于是设法借皇帝之手,既报家仇又为民除害。

改编自《聊斋志异·遵化署狐》

说《聊斋》

《遵化署狐》这个故事是有历史原型的,故事中被狐狸整治的官员,在现实中确因行贿被皇帝杀了头。蒲松龄是怎样把真实的历史事件、历史人物写成群众喜闻乐见的小说,而且蕴含深刻的教育意义的?他把聪明能干、足智多谋的狐叟请了出来。

蒲松龄在故事的开头说"诸城丘公为遵化道"。这个真实的历史人物叫丘志充,明万历年间进士,做过遵化道道员。他在天启年间托太医院王家栋行贿,谋升京城更大的官,被东厂侦知。

当时东厂的权力非常大,凡事可直接报告皇帝。丘志充被东厂捉住,东厂根据他和王家栋的供词,共获赃银九千多两。最终,丘志充掉了脑袋。

蒲松龄写《遵化署狐》,把丘志充被杀虚构成一个有趣的狐叟复仇的故事,借此说明做官必须清正廉洁。

狐狸被道台灭族

河北遵化官署中,位置最靠后的一座楼"绥绥者族而居之,以为家。时出殃人"。【评】意思是那里有狐狸聚居,它们经常出来捣乱。官署的人去驱赶,然而越驱赶它们越作怪。众人没办法,只能摆上供品,祈祷它们别出来祸害人。因此,来此地做官的人都不敢招惹狐狸。

丘公任遵化道台后,听说了这件事,非常愤怒。

狐狸害怕性情刚烈的丘公,便变化成老太太告诉丘公的家人:"请告诉丘大人,不要以我们为仇。给我三天时间,我一定带领一家老小搬走。"

丘公听了,没吭声。次日,他校阅完军队后,告诉士兵不要解散,把各营的大炮扛到官署,环绕最后那座楼,千炮齐发。只听炮声隆隆,几丈高的楼房顷刻间被夷为平地。狐狸的皮毛像下雨一样,从天上落下来。只见滚滚烟尘中,有一缕白气钻了出来,腾空而去。众人都说:"快看,逃走了一只狐狸……"

少年读《聊斋志异》

楼被毁后，官署从此平安无事。

【评】丘公看上去疾恶如仇，其实他比那些捣乱的狐狸要坏得多。他克扣军粮，让可怜的士兵连饭都吃不饱。他拿这些钱到京城去行贿，想买更大的官，目的是有更多的机会捞钱。

皇宫前喊冤

过了两年，丘公派干练的奴仆带着大笔银子进京，想找关系买官。因为事情还没安排妥当，奴仆暂时把银子藏在某衙役家的地窖里。

忽然，有个老头到皇宫门前喊冤，说妻子儿女都被丘公无故杀死了。他还揭发道："此人克

神奇的狐狸

扣军粮、行贿买官,他的银子现在就放在某衙役家里,可当场验证!"

皇帝下旨派人搜查。官吏来到那个衙役家,翻箱倒柜,到处搜寻,就是找不到银子。

喊冤的老头用一只脚点了点地。带人搜查的官员顿时明白了,忙下令从那个地方往下挖,果然挖出了大量银子,银子上镌刻着"某郡解(jiè)"的字样,证明这的确是官银。官员再去找那个告状的老头,却发现他早就不见了。官府按照老头自报的姓名和地址去问,也是"查无此人"。

后来,丘公被皇帝下令斩首,临死前恍然大悟:告发我的老头就是遵化官署中那只逃走的老狐狸啊!

【评】狐狸全族被杀,如此深仇大恨,狐叟并不着急去报,而是耐心等了两年。为什么?狐叟要把丘某贪赃枉法的铁证拿到手,再向皇帝告发,以求"一击致命"。

《聊斋》里的秘密

做人要学"关西孔子"

蒲松龄讲这个故事只是为了让大家当奇闻怪谈来读吗？当然不是。故事的结尾，蒲松龄通过"异史氏"说：

> 狐之祟（suì）人，可诛甚矣。然服而舍之，亦以全吾仁。公可云疾之已甚者矣。抑使关西为此，岂百狐所能仇哉！

这段话很短，表达的意思有三层。第一层：狐狸作祟害人，确实该杀。第二层：狐狸既然认罪且要搬走了，丘公便可以饶恕它们，以显示他的仁慈。第三层：丘公过分地仇视狐狸，导致被狐狸报复，但是他的死还得从自身找原因，如果他是像"关西"那样的人，一百只狐狸也拿他没办法。

读《聊斋志异》常遇到的难题，就是蒲松龄太爱用典故了。在这里，"关西"就是一个典故。他是什么人？为什么要学习他呢？

原来，"关西"指的是东汉陕西人杨震，他一生廉洁

神奇的狐狸

奉公，被称为"关西孔子"。据传，他调任东莱太守，上任时经过昌邑县。昌邑县令王密原是经杨震推荐做的官，也是他的老朋友。为感谢杨震，王密深夜带着丰厚的钱财前来拜访，要把这些钱送给杨震。

杨震说："我了解你，难道你不了解我吗？你怎么能做这种事？"

王密说："夜深人静，没人知道这件事。"

杨震说："天知，神知，我知，你知，怎么能说没人知道呢？"

王密听后，羞愧难言，带着钱走了。

蒲松龄把杨震作为清官的代表提出来，是表达一种良好的愿望。在封建社会，老百姓对贪腐的官吏恨之入骨却又束手无策，于是蒲松龄让狐狸出来惩罚贪官，体现了他对腐败吏治的批判和对老百姓的同情。

053

原典精读

忽有一叟诣阙声屈❶，言妻子横被杀戮；又讦❷公克削军粮，夤缘当路❸，现顿❹某家，可以验证。奉旨押验，至班役家，冥搜❺不得。叟惟以一足点地，悟其意，发之，果得金，金上镌有"某郡解"❻字。

注释

❶诣阙声屈：到皇宫外喊冤。诣，请见、进见。❷讦：揭发。❸夤缘当路：攀附上升。此指跟权贵套近乎、拉关系或行贿。❹顿：安放。❺冥搜：尽力寻找。❻某郡解：官银上刻的记号。

大意

忽然有个老头到皇宫门前喊冤，说妻子儿女无故被杀害，又揭发丘公克扣军饷，想贿赂当权的大官，银子就藏在某衙役家里，可以当场验证。奉命办案的人押着老头到了衙役家，怎么搜也没搜到赃物。老头用一只脚点了点地。办案的人明白了他的意思，从他点地处挖掘，果然挖出了银子，上面还刻着"某郡解"的字样。

自此以往，我必正派

羡慕狐叟舒适自在，
他跟随狐叟恣意游乐。
狐翁随意取食，却不敢惹正人君子。
书生猛然醒悟，方懂得做正派之人。

改编自《聊斋志异·河间生》

说《聊斋》

唐代大文豪柳宗元有一部作品,叫《河间传》,写的是一个妇人因为接近坏人,最终变成远近皆知的坏人的过程。

蒲松龄写《河间生》,可能是受柳宗元这篇文章的启发,因而它们的篇名都与"河间"有关,一个是写河间的"妇"(女子),一个是写河间的"生"(书生)。不同的是,柳宗元的《河间传》主题是弃善为恶,蒲松龄的《河间生》主题是改恶迁善。

有兴趣的读者可以读一读柳宗元的文章,并与蒲松龄的文章做一下对比。

河间府有个秀才,他家场院里堆积的麦秸像座小山,家人每天取一些来当柴烧,时间长了,竟挖出一个洞来。有一只狐狸住在里面,常常化作老翁和秀才见面。

有一天,狐翁邀秀才喝酒,拱手请秀才入洞。

秀才感到很为难,但狐翁硬是把他拉进洞去。

秀才进洞后,惊讶不已:这哪儿是洞?分明是一座整齐的住宅啊!房子很漂亮,家具也很华美。

秀才入座后,只见茶酒俱全,芳香怡人。二人一起饮酒吃饭,就跟正常人家聚会一样。只是日色苍茫,分不清

是中午还是傍晚。酒宴结束后，秀才出洞，先前看到的景物全都消失不见了。

狐翁每天夜出晨归，没有人知道他的踪迹。秀才问他到哪儿去了，狐翁回答是朋友请他去喝酒。

有一次，秀才对狐翁说："下次你也带我去吧？"狐翁不肯。

秀才不死心，请求了好多次，狐翁才答应下来。

这一天，狐翁要带秀才去赴宴。他挽着秀才的胳膊带他行走，秀才感觉像乘风飞行一样。

不一会儿，二人来到一座城中。他们走进一家酒馆，里面人声喧哗，喝酒的客人很多，狐翁领着秀才来到楼上坐下。

秀才从楼上往下看，桌子上一盘一盘的菜肴看得清清楚楚。狐翁走下楼，从各个桌上任取美酒佳肴，再拿到楼上跟秀才共享。楼下喝酒的人都不阻拦，似乎狐翁这样做理所应当。

待了一会儿，秀才看到有个红衣客人面前摆着金橘，便对狐翁说："你能把红衣人的金橘取些来吃吗？"

狐翁说："那人是正人君子，我不敢接近。"

秀才心想：狐翁接近我，带我外出游历，想必是因为我不是个正人君子；从今往后，我一定要做个正人君子！

秀才这样一想，顿时觉得头晕目眩，身不由己，从楼上跌了下来。

楼下喝酒的人大吃一惊，吵吵嚷嚷道："哎呀，妖怪

神奇的狐狸

来了！"

秀才起身，仰头一看，发现他刚才与狐翁喝酒的地方哪儿是什么楼上呀，而是房梁！

秀才大惊：哎呀，我堂堂秀才怎么做了"梁上君子"？

秀才把自己遇到的事情如实告诉了众人。在场的人仔细推敲后，相信他说的是实话，就拿出些钱财，要打发他回家。

临行前，秀才问道："请问贵处是什么地方？"

大家告诉他："我们这里是山东鱼台县。"

鱼台县距离秀才的老家河间府，有千里之遥呢！

【评】河间生初时警惕狐翁，与其保持一定的距离，后来感于狐翁家"廊舍华好""茶酒香烈"，渐渐被迷惑了，竟主动要求跟他外出游历。实际上，狐翁干的是鸡鸣狗盗的勾当。然而，狐翁不敢接近正人君子，其所近者必为邪人。河间生知道这个道理后，才有了"自今以往，我必正"的想法，最终摆脱束缚。这个小故事言短意长，寓意深刻，"楼上客人"即讽喻梁上君子，仔细想一想，的确诙谐有趣。

少年读《聊斋志异》

哲理金句

近朱者赤，近墨者黑

比喻接近好人可以使人变好，接近坏人可以使人变坏。指客观环境对人有很大的影响。语出晋代傅玄《太子少傅箴（zhēn）》。

文化史常识

【柳宗元】唐代文学家、哲学家，字子厚，河东解县（今山西运城西南）人，世称"柳河东"。他的散文说理透彻，结构严谨。他与同时代的韩愈和宋代的欧阳修、苏洵、苏轼、苏辙、王安石、曾巩都擅长写文章，被称为"唐宋八大家"。

爱笑的姑娘不笑了

她生活在人迹罕至的深山,和山鸟野花为伴。她原本像山花一样天真烂漫,到底是什么缘故,让她再也没有了笑颜?

改编自《聊斋志异·婴宁》

说《聊斋》

你知道古代小说中,笑得最美的人是谁吗?在我看来,这个人就是婴宁。

婴宁喜欢笑,连拜堂的时候都笑得不能行礼。她几乎把封建时代少女不能笑、不敢笑、不愿笑乃至不会笑的一切条条框框都打破了。那时,少女只能笑不露齿、笑不出声,否则就有失检点;而婴宁面对陌生的男子,却毫不羞涩地笑、自由自在地笑。蒲松龄借《庄子》中的词语"撄宁"的谐音,创造出这个古代文学史上独一无二的艺术形象。

蒲松龄用多少词写婴宁之笑?王子服第一次见到她,她"笑容可掬";王子服来到婴宁家,只听门外"嗤嗤笑不已";往后还有一系列伴随不同形态的笑:"忍笑而立""复笑,不可仰视""笑又作,倚树不能行""孜孜憨笑"……可以说,婴宁笑得千姿百态,把封建礼教视若无物!读者可以从蒲松龄对人物的笑的描写中,学到刻画人物的技巧。

有趣的相遇

山东莒（jǔ）县有一个叫王子服的书生，十四岁就考中了秀才。这一年的元宵节，王子服的表兄吴生邀他一起出去游玩。

出来游玩的人很多，王子服看见一个姑娘带着婢女，手里拈（niān）着一枝梅花。那姑娘容貌绝世，笑容满面。【评】《聊斋志异》原文为"容华绝代，笑容可掬"，八个字写出了一个人物的主要特点——美丽和爱笑。

王子服目不转睛地看着，竟忘记了男女之间的禁忌。

姑娘走过去几步，回头对婢女说："个儿郎目灼灼似贼！"【评】意思是这个小伙子两眼发光，像个贼。说罢，她将花丢在地上，径自去了。

王子服捡起那枝梅花，内心十分怅惘，像丢了魂似的，闷闷不乐地回家了。

【评】古时候女子不能随便跟男子交往，哪怕看一眼也有失礼数。婴宁却不，她想看就看，还把王子服称作"贼"，随即把花丢到地上，跟丫鬟笑着走了。这枝梅花是她无意中丢的吗？当然不是。这是婴宁有意给王子服留下做纪念哩！

少年读《聊斋志异》

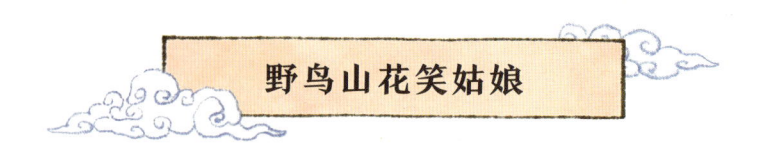

野鸟山花笑姑娘

王子服害了"相思病"。母亲十分担心，却问不出到底是怎么回事。表兄吴生来看王子服，王子服便把心事告诉了他。

吴生听说王子服为一个不知道姓名，也不知道住处的爱笑姑娘而病，笑得停不下来。他安慰道："她既然能跑出来，那应该不难找，我替你打听打听就是了！"

王子服听了，这才露出笑容，病也好了大半。

吴生四处打听了一番，根本找不到那个女子的踪迹。王子服追问，他又胡编一通："我以为她是谁呢，原来是我姑家的表妹，也是你的姨表妹；她住在离此处三十里的山中，等有机会了我可以把她介绍给你……"

之后，信口雌黄的吴生像是失踪了，再不露面。

王子服很生气，但是转念又想：她不就是住在三十里外的山中吗？我自己去找！

于是，王子服往山里走去。他走着走着，来到这样一处地方，但见"乱山合沓，空翠爽肌，寂无人行，止有鸟道"。【评】短短十六个字，精妙绝伦，生动刻画出婴宁的生活环境——没有人事纷繁，只有绿竹红花；没有宽街大巷，只有鸟飞之路。这是一个远离凡人生活的地方，那满眼青翠，象征着婴宁盎然的生命力；空气澄净，象征着婴

神奇的狐狸

宁纯洁的心灵。你看，蒲松龄写环境多么简练传神！

王子服远远看去，见繁花绿树中有个小村落。进了村，里面都是茅屋，幽雅清爽。有一户门朝北的人家，门前柳丝飘摇，门内桃花、杏花盛开，其间夹杂着修长的翠竹，野鸟叽叽喳喳地鸣叫。

王子服不敢贸然进入，见对面有块大石头，便坐下来休息。不一会儿，他听到墙内传来女子的说话声。

王子服正凝神细听，只见一个姑娘从东边走来，手上拿着一朵杏花，正低着头往上面戴。她抬头看到王子服，立刻停止戴花，笑着进了院子。

王子服一看，此人正是自己在元宵节遇到的那个姑娘！他很想进院子看看，却找不到理由；想喊姨妈，又顾虑自己跟人家从来没有来往，不好开口。怎么办？王子服徘徊着，一直等到日头偏西，眼巴巴地盼着那个姑娘再出来，连吃饭喝水都忘了。

良久，有个老太太出来说："哪儿来的小伙子？我听说你早上就来了，想做什么？肚子不饿吗？"

王子服连忙向老太太作揖，说："我是来探亲的。"

老太太好像耳聋，没有听见。

王子服又大声说了一遍。老太太问："你亲戚姓什么？"王子服回答不上来。

老太太笑了，说："姓氏都不知道，探什么亲啊？我看你就是个书呆子，不如跟我回家，吃点儿粗茶淡饭，休息一下，明天回家问清楚亲戚的姓名再来。"

065

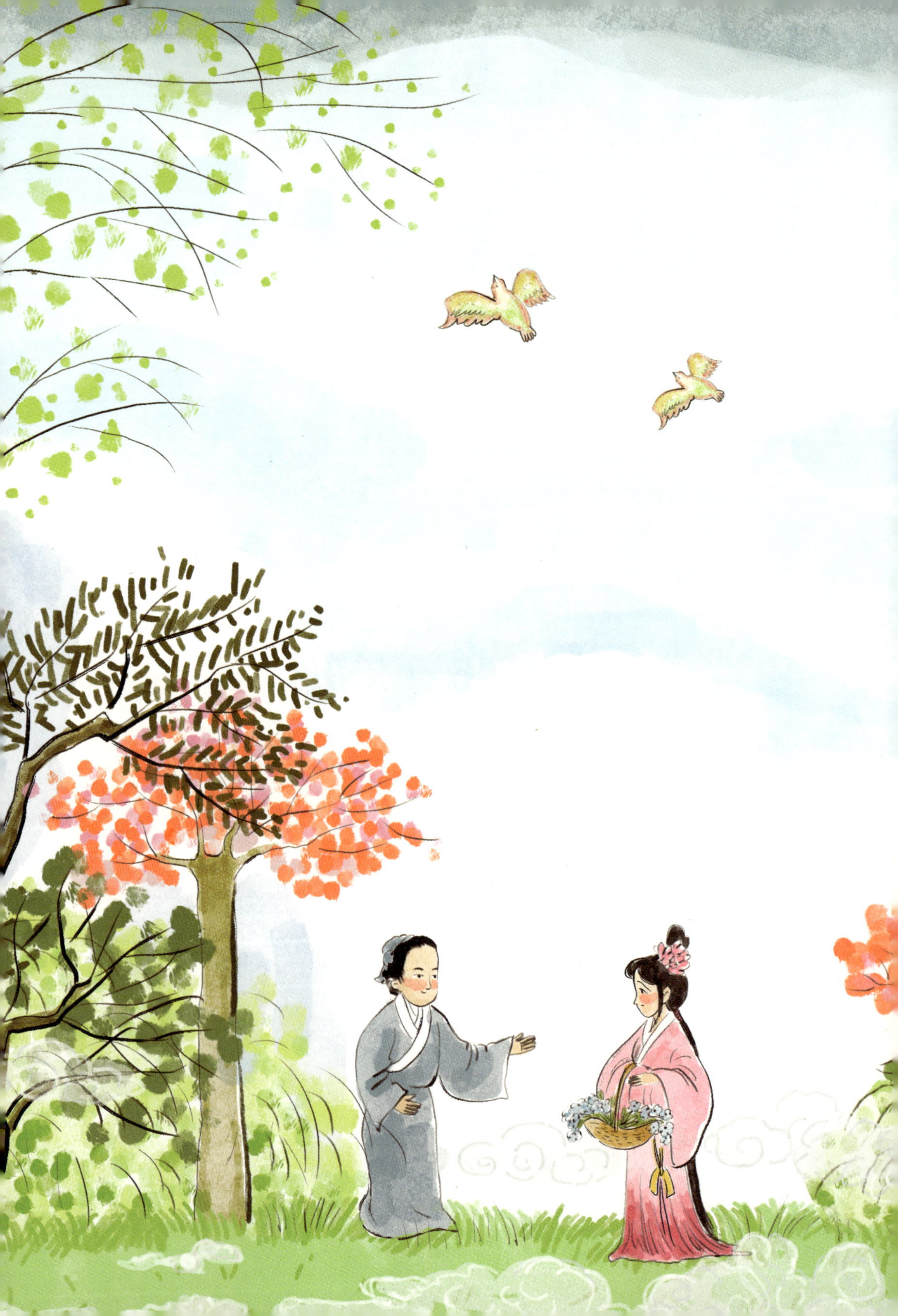

神奇的狐狸

王子服顿时觉得喜从天降,他恰好饿了,又可以借机接近那个姑娘。他跟着老太太进了门,门内白石铺路,路两旁红花烂漫,片片花瓣散落。沿路曲折向西,又开了一道门,满院豆棚花架。

老太太请王子服进屋,雪白的墙壁光洁明亮,窗外的海棠花伸进屋内,房间里的床铺、桌椅、衬垫,都干干净净、清清爽爽。【评】婴宁生活在一个优美清雅的环境中。蒲松龄用寂无人行的青山、花木四合的草舍、野鸟飞鸣的绿竹来衬托婴宁的性格。青山、野鸟、绿竹、红花,好像都在说:"我是婴宁!""我也是婴宁!"

嬉不知愁

王子服进屋后,同老太太边吃边聊。他惊喜地得知,老太太正是他的姨妈;婴宁算是他的表妹,是王子服姨夫的妾生的。

老太太喊道:"婴宁,你姨表兄在这里!"

只听门外笑声不停,丫鬟推婴宁进来。婴宁捂着嘴,笑不可遏。

老太太瞪了她一眼,说:"有客人在,嘻嘻哈哈的,像什么样子?"

婴宁忍着笑,站在一旁。王子服向她作揖,婴宁又笑了起来,笑得前俯后仰。

老太太对王子服说:"她从小缺少管教,十六岁了还痴痴傻傻的,像个孩子。"

王子服目不转睛地看着婴宁。丫鬟对婴宁小声说:"你看他眼睛发亮,贼样不改。"

婴宁大笑,对丫鬟说:"我们去看看碧桃花开了没有?"说罢急忙起身,用袖子掩着嘴,快步走出去了。到了门外,她又放声大笑。

王子服被老太太挽留住下。第二天,他到后院去,穿过花丛时,听到树上簌簌有声,抬头一看:婴宁在树上!

看到王子服,婴宁又放声大笑,差点儿从树上掉下来。

王子服连忙说:"小心,快下来,别摔着。"

婴宁边下边笑,直到落在地上才停住笑声。

王子服等她笑完了,拿出袖里的梅花让她看,说:"这是元宵节的时候妹妹丢的,我一直保存着它。"

婴宁问:"你保存着它是什么意思?"

王子服说:"表示不敢忘记。自从元宵节遇到你后,我因为相思成疾,差点儿活不成了。"

婴宁笑着说:"等你走时,我把老仆人喊来,折一大捆花,叫他背起来送你回去。"

王子服哭笑不得,说:"妹妹,你是不是痴啊?"

婴宁问:"什么是痴?"

王子服说:"我在意的不是花,而是拈花的人。"

婴宁又笑了:"我们这么远的亲戚,有什么在意不在意的呢?"

神奇的狐狸

王子服说:"我不是说亲戚之间的那种在意,而是说夫妻之间的那种在意。"

婴宁笑问:"这难道有什么不同吗?"

王子服面红耳赤,说不出话来。

【评】其实,婴宁聪明得很,她的"憨态可掬"是聪慧过人的"隐身衣"。她之所以跟王子服这么说话,是为了捉弄王子服,也是让王子服把感情表白得更热烈。婴宁真幽默!而幽默是聪明才智的显露,是勃勃生机的表现。在蒲松龄之前的古代小说中,女主人公身上很少看到这种闪光的品格。

拜堂成亲

后来,王家的人牵着两头驴来找王子服。

王子服请求带婴宁回家,老太太同意了。

回到家后,母亲见儿子带回来一个漂亮的姑娘,吃惊地问:"这是谁?"

王子服说:"这是我表妹。"

母亲说:"你吴家表哥之前跟你说的话,都是骗你呢!我没有外甥女。"

然而,母亲仔细询问王子服遇到的老太太的相貌特征,却和王子服去世多年的姨妈相合。

母子正疑惑不已,吴生来了。他问清了前因后果,忽

少年读《聊斋志异》

然说:"这个女孩叫婴宁,是吗?"王子服说"是"。

吴生说:"当年姑姑去世后,据说姑父与一个狐女交往过,狐女生了个女儿叫婴宁。姑父病故后,婴宁被狐女抱走了。这姑娘莫非就是婴宁?"

他们说来说去,谁都拿不准,只听到满屋子都是婴宁的笑声。

吴生请求见见婴宁。婴宁出来对吴生匆忙行了个礼,接着转身跑回内室,又放声大笑。她的笑声非常有感染力,屋里的人都跟着笑了起来。

吴生主动提议到山中去拜访老太太,给王子服做媒。可是他在山中转来转去,根本找不到王子服去过的村舍,只好失望地回来了。

王子服的母亲择了个良辰吉日,叫婴宁换上新娘的礼服跟王子服成亲。然而拜堂的时候,身着华服的婴宁笑得直不起腰来,二人只好不拜了。

神奇的狐狸

婴宁很喜欢花，成亲后也是如此。她到处物色好花，不仅把亲戚朋友家找遍，还偷偷地把首饰典当了买花。台阶前、庭院中，到处都是花，美丽极了！【评】婴宁本来就生活在百花烂漫的山中，她来到王家后，仍然想用大自然的美装点自己的生活。婴宁和花息息相关，蒲松龄让花自始至终伴随婴宁，花甚至决定了婴宁的命运。

再也不笑了

王家后院有一架木香，紧靠西邻。婴宁常常爬到架子上摘木香，插到发髻上、装在瓶子里赏玩。王子服的母亲看见她爬树摘花，就训斥她，但她仍然不改。

有一天，婴宁正在架上摘花，被西邻的儿子看见了。他不眨眼地盯着她看，神魂颠倒。

婴宁不但没有回避，还笑了起来。

西邻的儿子认为婴宁喜欢上他了，越发飘飘然。

婴宁指指墙底，笑着从架子上下来。西邻的儿子认为，这是婴宁向他发出的约会邀请。

当天晚上，西邻的儿子来到墙边。哪里有什么婴宁？只有一段枯木倚在墙边，枯木上有个像螃蟹一样的毒蝎，蜇中了他，使他中了毒。

西邻的老头因此状告王子服，说婴宁是妖怪。幸亏县官敬仰王子服的才学，说邻家老头诬告，要打他的板子。

王子服为邻家老头求情，县官把老头赶出了衙门。

因为这件事，王子服的母亲结结实实地把婴宁教训了一顿："你憨狂到这等地步，我早知道嬉笑过头肯定会引来灾祸。多亏县官大人明鉴，家里人才没有受到你的牵累。假如碰上个糊涂官儿，必定抓你去公堂对质，到那时你还有什么脸面见亲戚和邻里？"

婴宁正色道："我以后再也不笑了。"

王子服的母亲说："人没有不笑的，只是笑要分场合和时候。"

然而，从此以后，婴宁居然真的不再笑了。即使有人故意逗她，她也始终不笑。

【评】婴宁天真烂漫，想说就说，想笑就笑。在当时那个封建礼教横行霸道的时代，能允许这样的人存在吗？显然不可能。所以，婴宁只是一个试图摆脱封建礼教的象征，是蒲松龄通过天马行空的想象创设出来的。婴宁终因"西邻子"风波，从自由飞翔的天空栽到地面。"笑矣乎"的婴宁"由是竟不复笑"。

一天晚上，婴宁对着王子服流下了眼泪。王子服觉得很奇怪，问她为什么。

婴宁哽咽着说："我本来是狐狸生的，狐母临走时把我托付给了养母（即前文中的老太太），我们相依为命十多年。现在她的坟墓在山坡上，没有人把她与我父亲合葬，我希望你能跟我到深山中，完成她的心愿。"

王子服答应了婴宁的请求。到了商定的日子，夫妻俩

神奇的狐狸

用车子装着棺材来到山中。婴宁在荒野杂乱的灌木丛中，准确地指出了养母的坟墓。婴宁痛哭一场，让王子服把养母和父亲合葬在一起。

过了一年，婴宁生了个儿子。她的儿子在怀抱中就不怕生人，见人就笑，大有他母亲的风采。

文化史常识

【撄宁】语出《庄子》："其为物无不将也，无不迎也，无不毁也，无不成也，其名为撄宁。"撄宁，即心神宁静，不为外界的事物所扰动；也指人世间的迎来送往、成功失败，都不能扰动其心。

官迷心窍，被狐狸嘲笑

想做官想昏了头，却被狐狸巧捉弄。古代读书人如何考试？蒲松龄以亲身经历，描绘了一幅精彩的画面。

改编自《聊斋志异·王子安》

说《聊斋》

蒲松龄自幼好学,很年轻便中了秀才,参加过好多次乡试,却始终没能成为举人。他对科举考试的观察和描写,在我国古代文学史上占有重要的地位。他的作品中涉及考试和读书人的情节,无不穷形尽相、精彩生动。

《王子安》是描写古代考生心理的代表作。它以夸张的想象,描绘王子安梦里中举、成进士、做翰林的场景,一步步写来,既是一篇构思巧妙、寓意深刻的小说,又是真切描绘人情世态的小品,对少年儿童读者了解我国古代的科举制度,学习简练地描写人物、叙述事件,都有很大的帮助。

东昌府有个读书人，名叫王子安。他参加科举考试，考了好多次都没考中。

这一年，他又参加了考试，想中举的愿望特别强烈。

将近发榜（公布录取名单）的时候，他喝得酩酊大醉，躺在内室里，迷迷糊糊地睡着了。

忽然，有人来说："报喜的来啦！"

王子安忙踉踉跄跄地爬起来，说："赏十千钱！"

家人知道他喝醉了，骗他说："你只管睡你的，我们已经赏过了。"

王子安又睡下了。不一会儿，又有人来说："你考中进士啦！"

王子安自言自语道："我还没去京城参加考试，怎么就中了进士？"

来人说："你不是已经考完三场了吗？"

王子安大喜，跳起来喊道："赏报喜的十千钱！"

家人无奈，又骗他说："你只管睡你的，我们已经赏过了。"

又过了一会儿，有人急忙进来说："你在金殿上经皇上面试，选中了翰林。你的长班（随从）就在这里！"

少年读《聊斋志异》

　　王子安费力地睁开眼睛一瞧，果然有两个穿戴得整洁排场的人站在床前给他叩头。

　　王子安忙招呼道："快赏给他们酒饭！"

　　家人骗他说已经赏了，却暗笑他醉得厉害。

　　过了一阵子，王子安心想：我既然做了翰林，不能不出去向乡亲们炫耀一番。他大叫："长班！"叫了几十声，却没人答应。

　　【评】正文一步一步写来，可见是王子安垂涎富贵的心理惹来狐狸，狐狸对他一番戏弄。结果王子安始而怀疑，继而大喜，接着又打算"出耀乡里"。此处对利欲熏心者的嘲弄极其精彩。

　　家人骗他说："你再躺着等一会儿，已经派人去叫他们了。"

　　过了好一会儿，长班果然来了。

　　王子安捶着床大骂道："愚笨的家伙，你跑到哪儿去了，怎么这时候才来？"

神奇的狐狸

长班愤怒地说:"穷酸无赖!我们刚才跟你开玩笑呢,你还当真啊?"

王子安大怒,跳起来扑向长班,打落了他的帽子,自己则跌到床下。

这时候,妻子走进来,扶起他说:"唉,你怎么醉成这样了……"

王子安怒气未消:"长班太可恶了!我得罚他,你怎么说我醉了?"

妻子笑了笑,说:"家里只有我这个老婆子,白天给你做饭,晚上给你暖被,哪里来的什么长班伺候你这把穷骨头?"子女们也都笑他。

此时,王子安的醉意渐渐消退,他如梦初醒,才知道刚才发生的一幕幕都是虚幻的。然而,他记得自己打落了长班的帽子,便寻到门后,居然真的发现了一个长班戴的红缨帽,只不过这个帽子很小,像小酒杯。家人见了,都觉得很奇怪。

王子安仔细一想,恍然大悟:"哎呀,我今天被狐狸戏弄了……"

【评】在这个故事的结尾,蒲松龄用"异史氏曰"的口吻,对"秀才入闱"做了七个巧妙而形象的比喻,把秀才参加考试的情形和心态刻画得入木三分,详细描述请参见文后的"原典精读"。

少年读《聊斋志异》

哲理金句

当局者迷，旁观者清

俗语，比喻一件事情的当事人往往因为对利害得失考虑得太多，认识不全面，反而不如旁观者看得清楚。语出《旧唐书》："当局称迷，傍（旁）观见审。"

文化史常识

【翰林】官名，在科举考试中，经过殿试（由皇帝主持的考试）获得前三名的考生（称"三鼎甲"，即状元、榜眼、探花）可进入翰林院，授予相应的官职。一般来说，状元授翰林院修撰，榜眼、探花授翰林院编修。

【三场】明清时期，规定每三年在京城举行一次会试。会试分三场，全部参加并最终被录取者称"贡士"，第一名称"会元"。他们有机会进入更高一级的考试——殿试。

原典精读

异史氏曰："秀才入闱❶，有七似焉：初入时，白足提篮❷，似丐。唱名❸时，官呵隶骂，似囚。其归号舍❹也，孔孔伸头，房房露脚，似秋末之冷蜂。其出场也，神情惝恍❺，天地异色，似出笼之病鸟。迨望报❻也，草木皆惊，梦想亦幻。时作一得志想，则顷刻而楼阁俱成；作一失志想，则瞬息而骸骨已朽。此际行坐难安，则似被絷之猱❼。忽然而飞骑传人，报条无我，此时神情猝变，嗒然❽若死，则似饵毒之蝇❾，弄之亦不觉也。初失志，心灰意败，大骂司衡❿无目，笔墨无灵，势必举案头物而尽炬之；炬之不已，而碎踏之；踏之不已，而投之浊流。从此披发入山，面向石壁，再有以且夫、尝谓之文进我者，定当操戈逐之。无何，日渐远，气渐平，技又渐痒，遂似破卵之鸠，只得衔木营巢，从新另抱矣。如此情况，当局者痛哭欲死，而自旁观者视之，其可笑孰甚焉。……"

注释

❶秀才入闱：指秀才参加乡试。明清时期的乡试均在秋天举行，故称"秋闱"。闱，考场。❷白足提篮：古代科举考试为防止考生夹带小抄，规定其入场时只准带笔墨和食具，用竹篮装好；入场时不能穿袜子，要一手执笔砚，一手拿布袜，光脚站立，等候检查。❸唱名：点名。❹号舍：考生考试的地方，按号入舍，故名。它是考生白天考试、夜晚住宿的地方。无门，上下各两块木板，上边的木板白天做桌子，晚上取下来与座位的板子合在一起做床铺。号舍很小，考生待在里面像蜂房里露头露尾的蜜蜂。❺惝恍：心神不安。❻望报：盼望报喜的人。❼被絷之猱：被捆着的猿猴。❽嗒然：沮丧怅惘的样子。❾饵毒之蝇：吃了毒药的苍蝇。❿司衡：主持阅卷的考官。

大意

异史氏说："秀才参加乡试，有七事相似：刚进考场时，光着脚提着考篮，像乞丐；点名时被考官训斥、隶卒责骂，像囚犯；回到号房中，一个个上边露着脑袋，下边露着脚，像秋末被冻坏的蜜蜂；等出了考场，神情恍惚，觉得天地变色，像出笼的病鸟；盼望发榜，草木皆兵，做梦也幻想在考试。想到考中了，顷刻间楼阁亭台都有；想到没有考中，瞬间骨头都烂了。这时坐卧难安，像被捆住的猴子。忽然，飞马来报考场消息，榜单上却没有自己的名字，顿时神情大变，灰心丧气，像是要死去一般，如同吃了毒药的苍蝇，任凭他人怎么摆弄也没有感觉。刚失败时，心灰意冷，大骂考官没有眼睛，笔墨也不灵，势必把案头上的书全都烧了；烧了也不解气，还要撕碎了用脚踏；用脚踏还不解气，一定要把书丢到脏水里。从此披头散发地进入山中，面向石壁，再有人把八股文拿来，必定把他轰走。可是没过多久，气渐渐地平了，又生出了求取功名的想法，就像破卵的鸠鸟，只好衔木营巢，重新抱窝。这样的情况，当局者痛苦得要死，旁观者却觉得实在可笑到极点。……"

丰衣足食靠狐友

「酒友」含贬义，狐狸成至交。车生洒脱可喜，狐友儒雅可爱。

改编自《聊斋志异·酒友》

说《聊斋》

"酒肉朋友"是现在人们常用的一个贬义词,指的是只能一起吃喝玩乐,不干正经事的朋友。还有一个词与它类似——"酒友",本来是酒伴的意思,但现在人们也经常把它做贬义词使用。然而,蒲松龄笔下的"酒友"却有"晋人"特点。什么是"晋人"特点?这涉及一个典故。

晋时,有个人名叫毕卓,晚上到邻居家盗饮新酿的酒,被管酒的人捉住了。第二天早上,管酒的人一看,原来是毕吏部(毕卓曾任吏部郎),马上解开绳子。毕卓拉着主人在酒瓮旁设宴,直到喝得大醉才散去。所以,有人评论这篇小说中的狐狸"是毕吏部一流人物,引为酒友,终身可以无憾",也有人说"车生洒脱可喜"。总而言之,在这则故事中,一人一狐,情致翩翩。

车生家里并不富裕，但他很喜欢喝酒，每天晚上必须喝三大杯酒才能入睡。所以，他床头的酒壶永远不空。

一天晚上，车生睡醒一觉，翻身时感觉有什么东西卧在他的身旁。

车生以为自己身上盖的衣服滑下来了，顺势摸了一把，感觉这个东西毛茸茸的，好像是只猫，却比猫大一点儿。他点上灯一照：哎呀，是只狐狸！

此时，这只狐狸正醉醺醺的，像小狗一样侧着身子睡着了。

车生忙看看自己的酒壶，里面的酒已经被狐狸喝光了。车生乐了，自言自语道："狐狸是我的酒友啊！"他不忍心把狐狸惊醒，给狐狸盖上衣服，让它枕着自己的胳膊继续睡；留着灯不灭，观察它有什么变化。

睡到半夜，狐狸伸了伸身体，醒了。

车生笑着说："你睡得真香啊！"

他掀开盖着的衣服一看，哪儿还有什么狐狸，而是一个戴着书生帽的儒雅男子！

男子起身，向车生行礼，拜谢不杀之恩。

车生说："我嗜酒成性，人们都认为我痴傻，不肯与我交往，你是我的'鲍叔'（知心朋友）啊！如果你没有疑心，咱们就结为酒友吧！"接着，他请狐友继续睡觉，还说："你应该经常来，咱们不要互相猜忌。"狐友答应了。

第二天早晨，车生醒来后，发现狐友已经走了。车生特意备下一大壶美酒，专门等狐友来了喝。

到了晚上，狐友果然又来了。一人一狐谈笑风生，畅饮美酒。狐友酒量很大，又擅长言谈，车生跟他相见恨晚。

席间，狐友对车生说："你拿美酒招待我，我用什么来报答你呢？"

车生笑道："斗酒之欢，何必挂在嘴上！"

狐友说："话虽如此，但你并不富裕，买酒的钱来得不容易，我得给你筹措点酒钱。"

第二天晚上，狐友告诉车生："从这里向东南方向走七里路，路旁有丢失的金子，你可以明天一早去取回来。"

车生天亮后前往，果然捡到了两块金子。他到集市上买来好菜，准备夜里给狐友下酒。

当天晚上，狐友又告诉车生："院后有宝藏，你可以挖出来。"

车生按照狐友所言去做，果然挖到了很多铜钱。

车生很知足，狐友却对他说："这样哪能行呢？我还

神奇的狐狸

得给你想个稳定长久的办法。"

【评】车生为人善良,虽然没有多少钱,却不拘小节、豪爽大方。他也比较单纯,有点儿得过且过。狐友比他有"经济头脑",想让他在生活中巧妙地捕捉商机。

有一天,狐友对车生说:"我看市场上的荞麦很便宜,这种东西奇货可居。"

车生对狐友言听计从,马上买了四十多石荞麦。大家都笑话他不懂农事。

不久,天气大旱,不管是谷子还是豆子全都枯死了,只有耐旱的荞麦可以耕种。车生借机出售荞麦种子,挣了很多钱。

从此以后,车生渐渐富裕起来。他买了二百亩良田耕种。狐友让他多种麦子,他就多种麦子;狐友让他多种黍,他就多种黍。不管种什么,车生都能获得大丰收。

车生和狐友的来往越来越密切,一人一狐,亲如兄弟。狐友称呼车生的妻子为"嫂子",视车生的孩子如同己出。

后来,车生去世了,狐友就不再来了。

少年读《聊斋志异》

哲理金句

酒逢知己千杯少

谚语，意思是酒桌上遇到知己，喝一千杯都嫌少。形容性情相投的人聚在一起，不会感到厌倦。

文化史常识

【鲍叔】即鲍叔牙，春秋时期齐国人，与管仲是好朋友。二人一起经商，管仲家贫，挣钱后给自己分得多，鲍叔牙毫不介意。后来，二人为官，但处于对立的阵营，鲍叔牙支持的公子小白（即后来的齐桓公）取胜，管仲支持的公子纠落败。鲍叔牙又把管仲推荐给齐桓公。管仲感叹说："生我者父母，知我者鲍子也！"后人据此概括出"管鲍之交"这个成语。事见《史记·管晏列传》。

不露面的狐狸老师

郭生独居深山读书,
狐狸指导他写文章。
郭生骄傲自满,
狐狸老师飘然而去。

改编自《聊斋志异·郭生》

说《聊斋》

《郭生》是一篇小小说,没有曲折的情节,也不刻意雕饰,蒲松龄信笔书写,把郭生才疏学浅又狂妄自大、患得患失的性格刻画得淋漓尽致。

在这个故事中,蒲松龄始终没让狐狸露面,但狐狸的聪明机敏、诙谐有趣却跃然纸上。狐狸与郭生的日常交往,读来历历如画。人物的性情在作者有意与无意的描述之间展露无遗,哲理意味贯穿全篇。

另外,郭生的遭遇提醒我们:要谦虚谨慎,不要自以为是;要深入学习,不要浅尝辄止。

狐狸做老师

淄川东山的郭生，从小就酷爱读书，但是他住在山村里，没有人能教他，所以他二十多岁了，写的字笔画还有很多错误。

先前，郭家闹狐狸，吃的、穿的、用的东西经常遗失，郭生很是苦恼。

一天夜里，郭生随手把书放在案头，结果书被狐狸胡乱涂抹，严重的地方墨迹纵横散乱，连行数都分不清。郭生很气恼，但也无可奈何。

郭生想参加科举考试，希望中个秀才。他选了二十多篇习作，想去请名师指点一二。结果一天早上，他看到自己的习作都摊在案头，被浓浓的墨汁涂抹殆尽，一看就是狐狸捣的鬼。郭生气愤极了。

王生跟郭生一向关系很好，他恰好因事到东山来，顺便来拜访郭生。看到被涂抹得乱七八糟的书稿，他问郭生："这是怎么回事？"

郭生把家里遇到的糟心事告诉了王生，说："都是狐狸胡写乱画！你看，它把我的文章涂抹成什么样子了！"

郭生把涂抹得墨迹斑斑的文章拿出来，请王生看。

王生接过来看了看，觉得很有意思。他发现狐狸并不是简单地乱涂乱画，它涂改或者保留的地方，都很有道理；再看那些涂污的地方，大都是行文冗杂、词不达意、可以删除的文字。

王生惊讶地对郭生说："依我看，狐狸好像有意教你怎么写文章呢！你不仅不能把狐狸当成灾祸，还应该把狐狸当成老师啊！"

郭生以为王生在调侃自己，也不把他的话放在心上。又过了几个月，郭生再仔细查看狐狸给自己涂画的文章，发现改得非常对。于是，他改写了两篇旧作，放在案头，观察有什么动静。

第二天早上，郭生发现，他写的文章又被狐狸改了。

郭生把文章拿去给王生看。王生看完后，说："狐狸真是你的老师啊！它改过的文章，算得上佳作。如此下去，你准能考中功名！"

这一年，郭生果然考中了秀才。

郭生因此非常感激狐狸，经常在案头摆上酒菜，供狐狸享用。

神奇的狐狸

为了进一步考取功名，郭生继续攻读八股文。他每次买来范文，都先让狐狸帮他选好文章，然后再认真学习。结果，他在岁试、科试中都取得了好成绩。

过河拆桥

当时有两个很会写八股文的人，一个姓叶，一个姓缪，文章写得风雅绮丽，被很多读书人传诵。郭生想方设法弄来他们的文章抄本，爱护备至，想好好模仿他们的风格写文章。

没想到，当天晚上叶、缪的书稿就被狐狸泼上了一碗浓墨，上面一个字也看不清了。

"这是怎么回事？难道这么有名的文章也不行？"郭生感到很纳闷。

郭生模仿这两个人的文风写了几篇文章，自以为写得很好，没想到狐狸把他的文章也涂成了大花脸。

渐渐地，郭生不再相信狐狸老师了。

没过多久，写范文的那个姓叶的人，在端正文风的行动中被抓了起来，并且受到了惩罚。因此，郭生又有点儿佩服狐狸有先见之明。

特别尴尬的是，现在郭生费尽心思写完的每一篇文章，都会被狐狸老师乱抹一气。郭生自以为在考试中经常名列前茅，所以心高气傲，越发觉得狐狸的水平不过如

此，已经指导不了他了。

为此，郭生还故意做了一个试验：他抄了一些以前狐狸觉得好的文章，拿给狐狸看，结果狐狸又涂抹了许多。郭生心想：这可真是胡来，怎么它过去肯定的文章现在又被它否定了呢？可见它的水平也不过尔尔。

【评】郭生稍微有一些进步，就不知道天高地厚了。他这么做似乎很聪明，岂不知社会上对文章的要求是与时俱进、不断变化的，哪有永远不变的文风呢？他原来的文章已经跟不上时代的发展和变化了！

神奇的狐狸

　　于是，郭生不再给狐狸准备酒菜了。他还把自己的书稿锁到箱子里，意思是不让狐狸再看了，在他看来，狐狸已经没有资格做他的老师了。

　　第二天早上，郭生发现，箱子锁得好好的，但是打开一看，书的封面上画了四条手指粗细的黑线，正文的第一章画了五条，第二章也画了五条，后面就没有了。

　　从此以后，狐狸再无声息，好像从郭家搬走了。

　　郭生又去参加秀才例行的考试，一次考了四等，两次考了五等。他这才知道，狐狸老师对他水平的判断非常准确，它早就预测到了郭生的考试结果，而且画到书上去了。

《聊斋》里的秘密

四等五等,老师要走

秀才参加乡试前还要进行考试,试卷分为六等:文理平通者一等,文理亦通者二等,文理略通者三等,文理有疵者四等,文理荒谬者五等,文理不通者六等。

郭生因为不再向狐狸老师学习,结果在后面的考试中一次四等、两次五等,说明他的文章越写越差!按照当时考试的规定,考四等会受到申斥,再继续下去会降级,撤掉秀才的功名。

刚开始时,狐狸老师认为郭生"孺子可教",指导他阅读、写作。后来,郭生稍有进步就骄傲自满、飞扬浮躁,追求华而不实的文风,不尊重老师,甚至要"考验"老师。如此一来,狐狸老师不屑于再教目光如豆、忘恩负义的"学生"了,于是飘然而去。

神奇的狐狸

哲理金句

虚心使人进步，骄傲使人落后

大意是虚心接受各方面的意见、建议，就可以使人进步；骄傲自满，听不进别人的意见、建议，就会使人落后。

文化史常识

【岁试、科试】又称"岁考""科考"。这是古时鉴定秀才优劣的考试。按照科举制度的规定，秀才要参加两种考试，一种是岁试，一种是科试。成绩合格者才能参加乡试，也就是每三年一次、在秋天举行的举人考试。

原典精读

异史氏曰:"满招损,谦受益,天道❶也。名小立,遂自以为是,执叶、缪之余习❷,狃(niǔ)❸而不变,势不至大败涂地不止也。满之为害如是夫!"

注释

❶天道:指自然的运动变化规律。❷余习:没有改掉的、遗留的习染、风尚,此指文章的风格等,含贬义。❸狃:因袭、习惯。

大意

异史氏说:"自满会招来损害,谦虚会得到益处,这是自然规律。(郭生)小有名气,就自以为是,固守叶、缪等人的创作习气,不知道变通,势必不一败涂地就不会终止。自满的危害就是这样啊!"

亲兄弟不如狐朋友

亲哥哥来『打秋风』，
亲弟弟却不讲兄弟情。
偶然认识一狐友，
胜似一个亲弟兄。

改编自《聊斋志异·胡四相公》

说《聊斋》

《胡四相公》写的是亲兄弟不如狐朋友的故事，读来令人拍案叫绝！

这篇小说通过多个角度描写胡四相公的慷慨、潇洒、大方、重友情，目的是讽刺不讲兄弟之情的"小气学使"张道一。这一点，读者如果不细读就很难发现。

弟弟张道一做官，哥哥张虚一要到弟弟那儿"打秋风"（寻求资助）；弟弟根本不讲兄弟之情，还不如哥哥无意之中认识的一个狐友呢。这是一个多么辛辣的讽刺！张道一是个真实的历史人物，蒲松龄在书中曾多次嘲讽过他。

学使张道一的二哥张虚一性格豪放，他听说县里有座宅子被狐狸占据了，就带着名片前去拜访。

　　张虚一把名片投进门缝，不一会儿，门居然自己开了。张虚一的仆人吓得立刻逃之夭夭。张虚一却不害怕，他恭恭敬敬地整好衣衫，走了进去。只见堂中家具摆放得整整齐齐，但一个人影也没有。

　　张虚一作揖道："小生诚心诚意地前来拜访，仙人既然不把我拒之大门之外，为什么不让我看看你的真容呢？"

　　空中有声音传来："劳你大驾来访，听到你的脚步声，我很高兴。请坐下赐教！"

　　张虚一看到两个座椅自动摆成面对面的样子。他坐到其中一个座位上，刚坐下就有红色雕漆茶盘飞来，上面放着两杯茶，悬在空中。他取了一杯，另一杯也被取走。他只听得到对方喝茶的声音，却看不到人影。茶喝完，又摆上了酒。

　　张虚一请教狐仙的家庭情况。狐仙回答："小弟姓胡，排行老四，人们都叫我胡四相公。"

　　一人一狐互相敬酒，边喝边聊，意气相投。菜肴很丰

少年读《聊斋志异》

盛,无不香气扑鼻;席间一会儿上酒,一会儿上菜,好像周围有不少仆人。

张虚一喝完酒,心想:再有杯茶喝就好了。抬头一看,一杯香茶已经摆到茶几上。凡是张虚一想吃的、喝的,只要他一有念头,东西就必定出现。张虚一高兴极了,喝得大醉而归。

从此以后,张虚一每过三五天必定去拜访胡四相公。他们来往一年多,成了莫逆之交。

有一次,张虚一问胡四相公的年龄。胡四相公回答:"我不记得了,只记得黄巢起兵像是昨天发生的事。"

张虚一说:"难得我们有这么好的交情,我很珍惜。只是我一直没见到你的真容,不免觉得有些遗憾。"

胡四相公说:"只要我们交情好就足够了,何必一定要见面呢?"

有一天,胡四相公又请张虚一喝酒,说要跟他告别。

张虚一问:"你要到什么地方去?"

胡四相公说:"小弟出生在陕西,现在要回去了。你总以见不到我为憾,今天就请你认识一下交往多年的朋

神奇的狐狸

友,将来见面时也好相认。"

张虚一闻言,四处查看,却什么也看不到。他正纳闷呢,只听胡四相公说:"你打开寝室的门,我就在里面。"

张虚一推开寝室的门去看,有个英俊的少年正朝他笑。此人衣冠楚楚,眉目如画,转眼间又消失了。

张虚一转身出门,听到身后有脚步声。胡四相公说:"今日可消除了你的遗憾啦!"

相交这么久,张虚一不忍心和胡四相公告别。

胡四相公说:"自古以来,聚散离合都很正常,你又何必介意呢?"他留下张虚一,用大杯劝酒,二人一直喝到半夜。胡四相公让奴仆挑着纱灯送张虚一回家。

第二天,张虚一发现,胡四相公果然走了。

后来,张虚一的弟弟张道一做了四川学使。张虚一还是那么清贫,他千里迢迢地去看望弟弟,希望能得到些馈赠。然而,他待了一个多月,堂堂学使弟弟不肯给哥哥一两银子!张虚一只好两手空空地踏上回乡之路。他骑在马上唉声叹气,神情沮丧。

忽然,一个少年骑着一匹青马出现在张虚一身后。张虚一回过头去,见那少年衣着华丽、仪态风雅,于是跟他攀谈起来。

少年看到张虚一情绪低落,便问他遇到了什么事。张虚一把弟弟小气、不肯照顾哥哥的事告诉了他。

少年一直温和地安慰张虚一。两人一起走了一里多路,来到了一个岔路口。少年拱手告别说:"前边有个

105

少年读《聊斋志异》

人，会给你一件老朋友送的东西，还请笑纳！"张虚一刚想问问怎么回事，少年已经拍马而去。

张虚一继续往前走，又走了二三里，果然看到一个老仆人等在路边。他把一个小筐送到张虚一马前，说："这是胡四相公送给先生的。"

张虚一恍然大悟：刚才那个俊秀的少年就是胡四相公，我居然没认出来！

张虚一接过筐子，打开一看，里面满满的都是银子。他急忙去找老仆人，但早已不见他的踪影。

兄弟同心，其利断金

比喻只要兄弟一条心，就能发挥很大的力量。泛指团结合作。语出《周易》："二人同心，其利断金；同心之言，其臭如兰。"

哲理金句

狐狸里边有『女侠』

她曾被冯相如的父亲轰走,却不计前嫌,帮冯相如娶到贤淑妻子。冯相如遇到祸事一筹莫展,她又及时伸出援手……

改编自《聊斋志异·红玉》

说《聊斋》

蒲松龄在《聊斋志异》中塑造的狐女形象可以说风格各异,每每翻开一章,读者就会看到一个栩栩如生的女主人公:阳光女孩般的娇娜,一路笑来的婴宁,机智幽默的小翠,等等。现在,我们又将认识一个敢于应对困难、本领高强的狐女——红玉。清代大文学家王士禛说,春秋时期救助赵氏孤儿的程婴、公孙杵臼那样侠肝义胆的人物,很少能从女性中找到,何况是狐狸呢?意谓红玉这样的"狐亦侠"者,品质非常高尚。

那么,狐女红玉是怎样变成"女侠"的呢?请听我一一道来。

深情离别

广平县冯家父子都是秀才，家徒四壁。父亲冯老头耿直正派，前几年老伴和儿媳相继去世，家务活儿都是他和儿子冯相如二人操持的。

一天晚上，冯相如正在月光下坐着，忽然看见有个美丽的女子从东邻的墙上看他。冯相如走近她，女子嫣然而笑。冯相如再三请她过来，问她的姓名，她说："我是邻家女红玉。"二人一见钟情，相约结为夫妻。【评】古时男女结合得有父母之命、媒妁（shuò）之言。红玉是狐狸，当然不用遵守人间的法则，但人间的法则还得管她。

半年后的一个晚上，冯老头听到儿子房间有女子说话的声音，便到窗前张望，结果看到了红玉。

冯老头大怒，把儿子喊出来，斥责道："你干的什么事？我们这样贫穷落魄，被人瞧不起，你却不肯刻苦读书，还学人家轻浮浪荡？让别人知道了，会损坏你的名声；别人即便不知道，也会折损你的寿命！"【评】《聊斋志异》原文用"丧汝德"，表达严父之心；用"促汝寿"，表达慈父之爱。这一幕是正人君子训子的场景。

冯相如忙跪拜认错，一边哭，一边表示悔改。

冯老头毫不客气地把红玉也叫出来，训斥道："一个女孩子家，不守闺门之训，既玷污自己，也玷污别人。一旦事情暴露，岂不丢人现眼？！"

冯老头骂完，气愤地回去睡了。

红玉流着眼泪对冯相如说："老父亲训斥责骂，我羞愧难当。看来，我们的缘分尽了。"

冯相如说："有老父亲在，我不能自己做主。如果你对我有情，希望你能暂且忍耐……"

红玉主意已定，坚持要跟冯相如分开。冯相如情不自禁地流下了眼泪。

红玉说："我和你没有父母之命、媒妁之言，怎能指望白头到老呢？我知道一个好女子，你可以娶她。"

冯相如说："我家里穷，凑不起聘金。"

红玉说："明天你等着我，我给你想办法。"

神奇的狐狸

促成好姻缘

第二天夜里,红玉如约来了。她拿出四十两银子给冯相如,说:"离这儿六十里的吴村卫家,有个十八岁的女儿,因为他们家要的聘金太多,至今还没定亲。你拿着这些钱去提亲,他们家肯定会同意这门婚事。"

于是,冯相如告诉父亲,自己要到卫家提亲,不过他隐瞒了红玉赠银的事情。

冯老头因为家里没有钱,不让儿子去。

冯相如说:"我试试吧!"随后借了仆人和马匹,去拜访卫家。

卫父看到冯相如气度不凡,而且聘礼也很丰厚,高兴极了,便请邻家书生做介绍人,在大红纸上写好了婚约。

冯相如也见到了卫家女儿。她虽然荆钗布裙,却光艳照人,待人接物落落大方,冯相如内心十分欢喜。冯相如和卫父约定了娶亲的日期,回家告诉父亲:"卫家喜爱家世清白的读书人,不计较彩礼,这门亲事已经说成了。"冯老头听了,非常高兴。

不久,冯相如把卫氏娶进了门。卫氏十分勤俭、贤惠、孝顺,与冯相如的感情很好。两年后,他们的儿子也出生了。

【评】红玉被冯老头教训,羞愧离去,但她没有一走了之。红玉是狐女,能预知卫氏是贤妻良母,便把她介绍给冯相如,还提供聘礼,让他根据父亲的要求明媒正娶。由此可见,红玉是多么善良!

飞来横祸

冯相如的儿子叫福儿。一个清明节,夫妻俩抱着儿子去扫墓,恰巧遇到了豪绅宋某。宋某做过御史,因行贿被罢官,现在退居乡里,却依然横行霸道。

宋某看到卫氏很美,便向村里人打听她是谁。得知她是冯相如的妻子后,宋某料定冯相如是个穷书生,如果拿重金诱惑他,他肯定动心。

宋某派奴仆对冯相如说:"我家大人可以给你很多钱,只要你把妻子卖给他。"

冯相如气愤极了,很想给他一个耳光,但转念一想,"民不斗官,贫不斗富",便强压心头的怒火,坚决地拒绝了。他把这件事告诉了父亲。冯老头闻言大怒,冲出去就对着宋家的奴仆大骂。宋家奴仆抱头鼠窜。

宋某听了奴仆的描述,火冒三丈,马上派一拨人气势汹汹地赶到冯家,不由分说便殴打起冯老头和冯相如。

冯家闹腾得像开了锅。卫氏听见动静,把福儿丢在床上,披头散发,大声呼救。宋家的打手一拥而上,把卫氏强行抬到轿上,扬长而去。

神奇的狐狸

冯家父子都被打伤了，躺在地上呻吟，孩子则在屋里哭叫。邻居把冯家父子抬到床上。过了一天，冯相如能拄着拐杖行走了，冯老头却吐血而死。

冯相如大哭一场，抱着儿子去告状。他从县里告到省里，始终不能申冤。后来，他又听说妻子不屈而死，越发悲痛。

【评】冯家父子都是老老实实的秀才，卫氏则是清清白白的良家妇女，却平白无故遭此大难。卫氏宁死不从，冯老头则被宋某的人打死，真是一门奇冤！这样黑白分明的案件，当时的一级级官府居然都不管。可以说从县令到巡抚、总督，他们和罢官的宋御史都是一丘之貉！

冯相如申冤无门，几次想拦路刺杀宋某，又顾虑宋某随从多，难以下手，幼小的儿子也没人可以托付，不由得日夜悲伤，几天几夜不能合眼。

侠客报仇，冯生蒙冤

有一天，忽然有个宽下颌、留着大胡子的壮汉来到冯家吊唁。

冯相如跟客人素不相识，便问他乡里、姓氏。

客人盯着他说："你有杀父之仇、夺妻之恨，难道都忘记了吗？"

冯相如听了，怀疑他是宋家派来的探子，便胡乱用假话敷衍他。

客人怒气冲冲，双目圆睁，拔脚就走，说："我原来还拿你当人看，哪知你是个扶不上墙的懦夫！"

冯相如察觉到壮汉是异人，忙跪在地上挽留他，说："我怕宋家派人来套我的话，所以没有跟你说实话。我一直卧薪尝胆，立志报仇，只可怜这襁褓（qiǎngbǎo）中的娃娃，只怕我死了他就没人照顾了。你是义士，能替我担当起养育孩子的责任，容我义无反顾地去报仇吗？"

壮汉说："照顾小孩是妇道人家的事，我更愿意替你报仇！"

冯相如追问壮汉的姓名。壮汉说："名字就算了。倘若报仇不成，我不想被你埋怨；倘若报仇成功，我也不想让你感恩戴德。"说罢就走了。

冯相如怕受到连累，抱着儿子去别的地方躲避了。

这天夜里，宋某一家都睡了，有人越过一层层高墙，杀死了宋某。

宋家人告到县衙，一口咬定是冯相如杀了人。之前对冯相如置之不理的县官，此刻完全换了副嘴脸，在没有任何证据的情况下，只凭宋家人一面之词，就派衙役去抓冯相如。

衙役和宋家人到处搜查，夜晚追到南山，听到小孩的哭声，抓住了冯相如，要把他捆起来送到官府。孩子哭得更厉害了，衙役从冯相如手里夺过孩子，丢到荒野上。

在县衙里，县令问冯相如："你为什么杀人？"

冯相如说："冤枉！姓宋的是晚上被杀的，我白天就离开了。我抱着个哇哇大哭的孩子，怎么能爬过高墙去杀人呢？"

县令冷笑道："你没杀人，为什么要躲？"

冯相如没法回答，县令把他关进了监狱。

冯相如哭着说："我死了不可惜，可孩子有什么罪，要被抛弃在荒野？！"

县令革掉了冯相如的秀才功名，对他严刑拷打。冯相如始终不承认杀人的罪名。

一天晚上，县令一家正在睡觉，忽然听到有东西打到床上，"咔嚓咔嚓"作响。县令和家人忙爬起来，拿灯一照，只见一把锋利雪亮的短刀剁进床头一寸多深，不管怎么用力都拔不出来。

县令吓得魂都掉了。家人拿起刀枪到处搜查，可什么也没发现。县令担心自己的性命，心想宋某已经死了，不必再怕他了，于是向上级报告案情，替冯相如摆脱罪名，把冯相如放了。

红玉回归

冯相如回到家，孤零零地对着空荡荡的四壁。邻居可怜他，给他送点儿吃的，他才勉强活下来。

想到大仇已报，冯相如满心欢喜；想到遭此惨祸几乎灭门，冯相如泪流不止；再想到自己的孩子，冯相如忍不住号啕大哭。

又过了半年，冯相如设法找回了妻子卫氏的遗骨。他安葬了卫氏，回到家后，一个人躺在床上，真想一死了之。

忽然，冯相如听到敲门的声音。他定神细听，隐约有女子站在门外，正轻声细语地和小孩说话。冯相如忙爬起来，打开了门。

门刚打开，来人便问："大冤昭雪，你还好吧？"

这声音听着非常熟悉，可冯相如仓促之间想不起她是谁。他拿灯一照：哎呀，原来是红玉！红玉还领着一个小男孩，正偎依在她身边嬉笑。

冯相如来不及细问，抱住红玉哭了起来。

红玉也很哀伤，接着把小男孩推到冯相如跟前，说："你忘了爹爹啦？"

男孩扯着红玉的衣服，目光炯炯地看着冯相如。

冯相如仔细一打量：天啊，这不是我的福儿吗！他哭着问红玉："你在哪里找到孩子的？"

红玉说："实不相瞒，过去我跟你说我是邻居的女儿，那是骗你的。我是狐女。那天晚上我出来，恰好看到孩子在山谷中啼哭，就抱到陕西抚养。听说你大难已平，特地带他回来跟你团聚。"

冯相如擦干眼泪，深深地拜谢红玉。

【评】家破人亡、功名被除、没了儿子……该怎么改变当前的处境？冯相如好像只知道哭，一点儿办法也没有。

神奇的狐狸

这时红玉来到他身边，带回了福儿，也带来了福气。

第二天，红玉动手清除院中的杂草，把院子打扫得干干净净，像女主人一样操劳。冯相如担心家里穷，不能养家糊口，红玉却说："你只管安心读书就是了，不用问家里还有多少粮食，我们总不至于饿死吧。"

红玉拿出银子置办织布机，又租来几十亩地，雇了人耕种。她亲自扛锄除草、整修房子，天天如此。

街坊邻居听说冯相如有个贤惠的妻子，都乐意帮助他。

过了半年，冯相如对红玉说："冯家劫后余生，完全靠你才看到了生机。可是乡试的日子眼看就要到了，我被革去的秀才功名还没恢复。"

红玉笑道："我早就寄了四两银子到学官那里，你的秀才功名已经恢复了。等你想起来再办，可就晚了。"

冯相如闻言，越发觉得红玉神奇了。

后来，冯相如考中举人，冯家的日子越过越好。红玉虽然日夜操劳，但仍然轻盈柔美。她说自己三十八岁了，可看上去就像二十才出头的人。

【评】红玉为什么要冯相如只管读书，为什么周密地给学官寄钱恢复他的功名？因为冯家受够了压迫，在当时的社会环境下，冯相如只有通过读书才能彻底改变命运。红玉把这个严肃的问题看得明明白白，理得清清楚楚，应对得妥妥当当。

神奇的狐狸

哲理金句

巾帼不让须眉

指女子也可以有所作为，不一定比男子差。语出《魏氏春秋》。巾帼，女子的头巾和头发上的饰物，这里是女子的代称。

文化史常识

【程婴、公孙杵臼】程婴和公孙杵臼是春秋时期晋国的义士。晋国忠臣赵盾之子赵朔被权臣屠岸贾杀害后，程婴抱着赵氏孤儿逃出牢笼。为防止被屠岸贾追杀，他与公孙杵臼设下计策，由他故意告发公孙杵臼，结果公孙杵臼和假冒的赵氏孤儿（实为程婴之子）被杀。后晋景公得知真相，让赵氏孤儿认祖归宗，诛杀屠岸贾。程婴自杀，以报公孙杵臼。事见《左传》等史书，后被编排为元杂剧《赵氏孤儿》。

原典精读

生归，瓮无升斗，孤影对四壁。幸邻人怜，馈❶食饮，苟且自度。念大仇已报，则辴然❷喜；思惨酷之祸，几于灭门，则泪潸潸❸堕；及思半生贫彻骨，宗支不绪❹，则于无人处，大哭失声，不复能自禁。

注释

❶馈：赠送。❷辴然：笑的样子。❸潸潸：流泪的样子。❹宗支不绪：意思是没有后代。

大意

冯相如回到家里，瓮里没有一点粮食，独自一人对着空荡荡的屋子，幸好邻居们可怜他，给他送点吃的喝的，使他能得过且过地度日。冯相如想到大仇已报，便露出笑容；想到遭受这次残酷的灾祸，几乎全家被害，又不断地落泪；想到自己半辈子贫困，后继无人，不禁在没人的地方失声痛哭，不能抑制。

狐女救夫，功成身退

狐女嫁给轻狂的书生，不得不千方百计维护。大祸来临时运筹帷幄，救人性命后功成身退。

改编自《聊斋志异·辛十四娘》

说《聊斋》

辛十四娘拥有绝美的风姿、绝顶的智慧、绝佳的口齿,构成了《聊斋志异》中"奇美"的狐女形象。她起初对冯生并不满意,但嫁为冯妻后恪尽职守,像诲人不倦的导师。她稳健地处理棘手的问题,居然找到皇帝翻案;她性格刚介,救出冯生后全身而退,回归世外生活。蒲松龄说:"冯生一句微不足道的话,几乎引来杀身之祸,如果不是室有仙人,怎么能摆脱牢狱之苦,获得重生的机会呢?"由狐而为仙,可以说评价至高。

《辛十四娘》这则故事中人物虽多,却人各一面,冯生从轻狂变为钟情,楚公子霸道阴险,辛十四娘聪慧机敏,都刻画得栩栩如生。人物的对话鲜明生动,与人物的性格相合。故事的情节曲折多变且合情合理,行文细针密线、松紧有致,显示了蒲松龄驾驭复杂故事的才能。

红衣少女

明代正德年间,广平府有个姓冯的书生,轻浮放荡,饮酒无度。

一天清早,冯生出去游玩,遇到一个披着红披风的女子。她娟秀美丽,身后跟着一个小丫鬟。

冯生对红衣少女过目不忘。傍晚,他喝醉酒回家时,经过一座荒废许久的寺院,只见先前看到的那个红衣女子从里面走出来,只是她一见到冯生,马上转身回去了。

冯生把驴拴在寺院门口,进入寺院。一位衣帽整洁、头发斑白的老者客气地问:"客人从哪里来?"

冯生说:"我偶然经过这里,想进来参观一下。老先生为什么住在这里?"

老者回答:"老夫到处漂泊,暂时借这座寺院安顿家小。承蒙大驾光临,有山茶可以代酒。"接着便恭敬地请冯生到里面去。

佛殿后面有座整洁的院子,冯生走进房间,见门帘、床幔、帐幕都很整齐,还嗅到袭人的香气。

老者请冯生入座,说:"老夫姓辛……"

冯生则趁着醉意直截了当地问:"听说您有个女儿,还没选到佳婿。我不自量力,愿意给自己做媒。"

老者笑着说："请容许我跟内人商量商量。"

冯生马上要来纸笔，赋诗一首：

千金觅玉杵，殷勤手自将。
云英如有意，亲为捣玄霜。

【评】这是蒲松龄代小说中的人物写的一首别致的求婚诗，受到后人的欣赏。这首诗借用唐代小说《裴航》里的典故，表达自己求婚的愿望。唐时，裴航想娶美女云英，云英的祖母说："我有长生不老之药，需要用玉杵捣药。你若能找到玉杵，我就把云英嫁给你。"裴航千方百计求得玉杵，捣药一百天，娶了云英。

老者笑着把诗交给左右的人。不一会儿，丫鬟走来跟老者耳语，老者站起来走进内室。

冯生听到内室隐隐约约有人说话，待到老者出来，以为他们家答应这门婚事了。可是，老者只是坐在那里跟冯生闲聊，根本不提求婚的事。

冯生忍不住问道："我求婚的事，尊意若何？"

老者说："先生超群出众，我倾慕已久。可是女儿的婚姻大事都是老妻做主，老夫从不过问。"他话说得很客气，但很明显拒绝了冯生的请求。

冯生听到屋内有人细细柔柔地说话，便趁着醉意，掀开门帘说："既然做不成夫妻，那请让我再看看女子的容貌，这样我就不会有遗憾了。"

门帘打开，屋里的人和红衣少女躲无处躲、藏无处

神奇的狐狸

藏。老者大怒，下令仆人把冯生扔出门去。冯生倒在荒地上，砖头、瓦块纷纷朝他扔来，幸亏没落到身上。

冯生求婚被拒，落荒而逃，结果迷了路。他经过一户宅院时，见里面灯火通明，便走了进去。

一个老妇人听说了他的遭遇，笑着说："辛家有十九个女儿，排行十四的那个端庄美丽，人称辛十四娘，你说的想必就是她了。放心吧！你回去定个日子，由我来给你做媒，保证让十四娘嫁给你。"

冯生一路感慨着回了家，漫不经心地查了个日子等着，其间又去了那座寺庙，只见周围一片荒凉，没有人迹。他询问当地人，都说庙里常见狐狸出没。

冯生暗想：只要能娶到辛十四娘，她就是狐狸变的也没什么。

到了约定的日子，半夜时分，冯生忽然听到门外有人喧哗。他忙跑出去，只见花轿来到院中。两个丫鬟扶着一个红衣女子下了轿。两个大胡子仆人抬着像瓮那么大的瓦罐，放到墙角。原来，辛家不仅派人把辛十四娘送来了，还送

来了一大瓦罐钱。

狐妻良言

冯生有个同学姓楚，父亲官居银台。楚公子听说冯生娶了娇妻，便登堂送礼祝贺。几天后，他又邀请冯生到他家里喝酒。

辛十四娘对冯生说："楚公子来时，我透过门缝看了看。这人一脸凶相，说话盛气凌人，不能长久交往，你不要去他家。"冯生答应了。

第二天，楚公子登门，问冯生为什么不去他家喝酒，还拿出自己的诗让冯生看。冯生评论楚公子的诗时话中带刺，两人不欢而散。

冯生得意地对辛十四娘说起这件事。辛十四娘神色忧虑，道："楚公子是豺狼一样的人，你不能跟他开玩笑！你如果不听我的话，将遇到灾祸。"【评】辛十四娘比冯生懂得世道人心。她知道为人处世，要近君子、远小人。

冯生感谢辛十四娘的提醒，找机会对楚公子说了些奉承话，楚公子这才尽释前嫌。

不久，学政来主持秀才岁考，楚公子考了第一，冯生考了第二。楚公子沾沾自喜，派仆人去请冯生喝酒，冯生推辞再三才来。

这天是楚公子的生日，宾客满堂。楚公子把试卷拿

神奇的狐狸

出来给大家看，亲友争相称赞。楚公子得意忘形地对冯生说："我之所以能考在你前面，是因为文章的开头这几句比你写得好！"

冯生喝醉了，不能忍耐，哈哈大笑道："你到今天还认为，你是因为文章写得好才得了第一？"【评】冯生一语道破楚公子靠父亲的势力取得第一名的内幕。

楚公子闻言，对冯生恨入骨髓。

冯生回家酒醒后，懊悔不已，把这件事告诉了辛十四娘。辛十四娘说："用轻薄的态度对待君子，是自己缺乏德行的表现；用轻薄的态度对待小人，则会引来杀身之祸。我不忍心看着你倒霉，现在就跟你告别。"

冯生非常害怕，痛哭流涕，表示一定悔改。辛十四娘说："你想让我留下，那我跟你约定：今后不要再出去交游了，也不许多喝酒。"

冯生信誓旦旦地说："我一定按照夫人的话做！"

辛十四娘很勤俭，每天都纺线织布，经常拿出钱来补贴家用，有富余的钱就存在瓦罐里。她每天关上门，有来拜访冯生的，都好言好语谢绝，把客人送走。

掉进陷阱

有一天，楚公子又派人送信来。辛十四娘把信烧了，不让冯生看。

第二天，冯生出门吊唁（yàn）友人，在丧主家遇到了楚公子。楚公子让马夫拉着冯生的马缰绳，硬把他拉到楚家，命家人摆上丰盛的酒宴。

冯生要回家，楚公子堵着门不让他走，还把歌女叫出来弹筝唱曲。冯生最近一直被辛十四娘关在家里，早就闷坏了，忽然得到饮酒的机会，顿时把辛十四娘的嘱咐抛到九霄云外，直喝得酩酊大醉，趴在席间睡着了。

楚公子因冯生此前嘲笑他，早就怀恨在心，天天琢磨着怎么报复，现在机会终于来了。恰好他的妻子打死了一名丫鬟，他便把冯生扶到书房，再派人把丫鬟的尸体扛来，放到冯生脚边，然后关上门走了。

冯生睡到五更醒来，发现自己趴在桌上睡着了，起身找床铺，脚下有个软软的东西差点儿把他绊倒；摸一摸，是人。他以为是主家派来照顾他睡觉的书童，便拿脚踹了一下，那人却一动不动。

冯生害怕极了，打开门叫喊。楚家仆人拿灯来一照，见丫鬟横在屋里，头破血流，早就死了，于是立即揪住冯生喊道："杀人了！杀人了！"

楚公子假装出来查看情况，诬陷冯生把丫鬟杀了，让人把冯生捆了起来，送到广平府衙门。【评】冯生不听狐妻良言，终于掉进陷阱！

隔了一天，辛十四娘才知道发生了什么事，顿时潸然泪下，说："我早知道会有今天。"

广平府的官员接受了楚公子的贿赂，把冯生打得皮开

神奇的狐狸

肉绽。辛十四娘前往监狱探望冯生，冯生悲愤满怀，说不出话来。

辛十四娘知道，楚公子设下的陷阱很深，不易跳出。她劝冯生先承认罪名，免得受皮肉之苦。冯生听从了辛十四娘的安排。

运筹帷幄

辛十四娘进出监狱时，看守监狱的人和她相遇，却根本看不见她。【评】在此之前，辛十四娘始终以平凡女性的身份出现，现在她的神通表现出来了。

辛十四娘回到家，立即派丫鬟进了京城；又托人买了一个漂亮的良家女子，名叫禄儿。十四娘跟禄儿同吃同住，对她不像对一般的仆人。【评】辛十四娘这是在做什么？她派丫鬟进京，是要寻找告御状的机会，帮冯生翻案；再买下禄儿，将来好给冯生做妻子。她既要救出冯生，自己也要全身而退。

冯生承认了杀人的罪名，被判处绞刑。家里人听到这个消息，都泣不成声。只有辛十四娘神情坦然，好像不放在心上。

秋天，处决囚犯的日子快到了，辛十四娘白天出去、深夜回来，常在没人的地方呜咽，吃也吃不下，睡也睡不着，因为她派出去的丫鬟一直没有消息。

少年读《聊斋志异》

一天傍晚,丫鬟回来了,辛十四娘立即把她拉到房间里密谈。过了一会儿,辛十四娘便笑容满面地出来,像平时那样料理家务。

第二天,家里的老管家到监狱里探望冯生。冯生让他给辛十四娘捎话:"请娘子来监狱,与我永诀。"老管家回家报告,辛十四娘漫不经心地答应着,好像根本不把冯生马上要被处决的事放在心上。家里人都说她太狠心了。

忽然,满街传扬:楚银台被革职了!官府奉皇帝特旨,重新审理冯生的案件。果然,案情很快大白,冯生出狱,楚公子被抓。

冯生回到家,见到妻子,泪如泉涌。辛十四娘看到冯生,也很伤感。

冯生问道:"我的事,怎么惊动了皇上?"

辛十四娘指指丫鬟说："这是我们的大功臣啊！"

原来，辛十四娘派丫鬟到京城，想让她进皇宫向皇帝诉说冯生的冤情。但皇宫内外守卫森严，丫鬟在御水河边徘徊了好几个月，都找不到进宫的机会。

一天，丫鬟忽然听说皇帝要到大同去，便预先跑到大同等着。在那里，皇帝遇到了丫鬟，对她非常宠爱。

丫鬟跪在地上，对着皇帝嘤嘤哭泣。

少年读《聊斋志异》

皇帝问道:"你有什么冤屈吗?"丫鬟回答:"奴婢是广平府秀才冯某的女儿,我父亲受冤入狱,我才流落在此。"

皇帝细问冯生冤情的始末,用纸笔记下了冯生的姓名。他希望把丫鬟带回宫里,共享荣华富贵。

丫鬟说:"我只想与父亲团聚,不愿过富贵的生活。"

············

冯生听完丫鬟的叙述,拜倒在地。

辛十四娘对冯生说:"你入狱后,我奔走在亲戚朋友间,没一个人帮我出主意,我心里的酸楚没法说出来。现在我已厌倦尘俗,而且给你选好了伴侣,咱们分开吧!"

冯生苦苦哀求,不肯答应。辛十四娘让禄儿来陪冯生,冯生连门都不让她进。渐渐地,辛十四娘娇美的容颜大大衰减。过了半年,她变得像个普通的老妇人,但冯生对她的感情始终不变。又过了一段时间,辛十四娘病倒了,不吃不喝,骨瘦如柴。冯生每天侍奉汤药,陪伴在她身边,直至她去世。

后来,冯生依辛十四娘之言娶禄儿做了妻子,过了一年又有了孩子。家里人不敷出,冯生夫妻对着四壁发愁。冯生忽然想起:墙角那个瓦罐是十四娘留下来的,里面应该有她的积蓄。他把瓦罐打碎,钱哗啦啦流了出来。从此以后,冯家富足起来。

后来,冯家的老管家去华山,居然遇到了辛十四娘。辛十四娘依然年轻美丽、光彩照人。她问老管家:"冯郎

神奇的狐狸

还好吗?请致意你家主人,我已经位列仙班了。"说完,她就不见了。

哲理金句

良药苦口利于病,忠言逆耳利于行

　　良药多数是带苦味的,却有利于治病;而教人从善的语言多数是不太动听的,但有利于人们改正缺点。形容人应该虚心接受他人的意见和批评。

文化史常识

【银台】宋代在门下省设有掌管天下案牍(dú)奏状的官署,因设在银台门内,所以叫银台。明代设通政司,长官名通政使,掌内外奏章等,俗称"银台"。

原典精读

生乘醉搴帘①曰:"伉俪②既不可得,当一见颜色,以消吾憾。"内闻钩动,群立愕顾。果有红衣人,振袖倾鬟③,亭亭拈带④。望见生入,遍室张皇。

注释

❶搴帘:掀开帘子。❷伉俪:夫妻。❸振袖倾鬟:抖动袖子,低下头。鬟,女子的发髻。❹亭亭拈带:亭亭玉立,拈弄着衣带。

大意

冯生趁着醉意掀开门帘说:"夫妻做不成,应当再看看她的容貌,以消除我内心的遗憾。"屋里的人听到门帘的钩子响动,都站在那儿惊愕地看着。果然有一个穿红衣服的姑娘,长袖飘拂,云鬟微倾;亭亭玉立,用手拈弄着衣带。看见冯生进来,屋里的人惊慌地四处张望。

"即狐，何负于君？"

石某病入膏肓，
狐女拯救他的性命。
石某忘恩负义，
结果受到严厉惩罚。

改编自《聊斋志异·武孝廉》

说《聊斋》

我们向作家学习写文章，不管是写小说还是写散文，得学习如何把人物描写得更生动，如何把情境描绘得更精彩，还要学会使用关键语，即被称作"文眼"的语句。《武孝廉》这则故事有"文眼"，情节均围绕"文眼"展开，仔细阅读，你就会发现它。

蒲松龄赋予女主角狐女的身份，使得人物和故事更加精彩。狐女救人性命，没有什么过分的要求，而被救者却心如蛇蝎、忘恩负义，想要杀害自己的恩人。至于结果如何，让我们一起来读故事吧！

危难遇恩人

有个姓石的武孝廉，租了条船，沿运河北上。他带了许多银子，想去京城找点门路，谋个官职。

船行到德州时，石某得了重病，吐血不止。仆人偷了他的银子，逃之夭夭。结果，石某连吃饭的钱都没了。船家打算把石某赶下船，恰好有个中年妇人的船停在旁边。她听说石某遇到困难，立即伸出援手，说可以让石某坐自己的船前行。

船家扶着石某来到妇人的船上。石某看到了那个妇人：四十岁左右的样子，相貌美丽，衣着华贵，看上去很有神采。

石某强忍病痛，向妇人表示感谢。

妇人近前看了看石某，说："你原本就有病根，现在时日无多了。"

石某一听，放声大哭。

妇人不忍，说："我这里有药可以起死回生，不过你的病好了，不要忘了我。"

石某边哭边对天发誓："只要我能好，一定会好好报答你的！"

妇人拿出一粒药丸来，给石某服用。石某吃下去大约半天，就好了很多。妇人还准备了很多可口的食物，像妻子一样无微不至地照顾他。

一个多月后，石某的病完全好了。他深深地拜谢妇人。妇人说："我孤苦伶仃，无依无靠，如果你不嫌弃，我愿意做你的妻子。"

当时石某三十多岁，妻子去世一年多了。听妇人这么说，他非常高兴，欣然跟她结为夫妻，两人十分恩爱。

妇人拿出自己的积蓄交给石某，让他到京城去，并跟他约定，等他求官归来，两人一起回家。

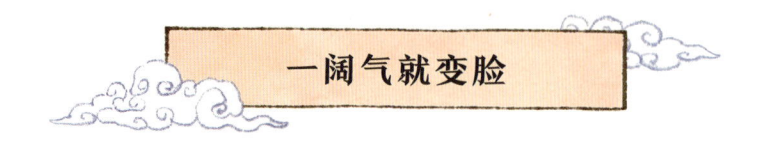

一阔气就变脸

石某到了京城后，攀附权贵，用妇人给他的钱走门路，被委派为本省的司阃（kǔn）。

石某用剩下的钱置办鞍马和行装，头戴官帽，身穿官服，坐着华丽气派的官轿，得意非凡。

石某还偷偷地用妇人给他的钱，又娶了一个女子——王氏。他做这些事，内心也很惶恐，怕妇人知道，便刻意

神奇的狐狸

对妇人封锁消息，特地避开德州，绕道上任去了。

就这样过了一年多，石某连一封信都没给妇人写过。

石某有个表弟偶然到德州，恰好跟妇人成了近邻。妇人跟表弟打探石某的消息。表弟如实相告：表哥早就当上官了，又在京城另娶了一个妻子，现在在省城做官一年多了。

妇人听后，十分悲伤，把她当初如何救助石某、如何给石某钱让他进京谋职的事情，细细告诉了表弟。

表弟替妇人打抱不平，劝她说："可能我表兄刚做了官，署中的事情比较多，还没来得及接你。这样吧，你写一封信，我转交给他。"

妇人按照表弟的建议，给石某写了一封信。

表弟来到省城，郑重其事地把信转交石某，石某却置之不理。

"薄情郎！安乐耶？"

又过了一年多，妇人亲自去找石某。她住在旅店，请官衙负责接待客人的人向石某通报姓名，石某拒绝见她。

有一天，石某正在官衙里饮酒作乐，忽然听到门外有喧哗吵闹的声音。他放下杯子，想仔细听听，却见妇人已经掀开帘子进来了。

石某吓得面如土色。妇人指着石某的鼻子斥责道："薄情郎！你现在安乐了？我对你不薄，想想你的财产和官位是从哪儿来的？凡事你若能跟我商量，又怎么会到今天这一步呢？"

妇人的一番话，讲得有理有节。石某吓得大气也不敢喘，一句话也答不上来。

过了一会儿，石某跪在地上，不停地向妇人认错，用花言巧语乞求她的原谅。妇人的怒气稍微平息下来。

石某跟王氏商量，让王氏以妹妹的身份拜见妇人。王氏不乐意，石某苦苦哀求，王氏才去向妇人行礼。

妇人回礼道："妹妹不要害怕，过去的事是一般人所不能忍受的，就是妹妹，应该也不希望有这样忘恩负义的郎君。"她对王氏详细诉说过去的事情，王氏听了，也责备石某。石某无地自容，只求妇人容许他今后老老实实地赎罪。

神奇的狐狸

其实，在妇人还没进门前，石某就一再交代守门人：若有妇人来找我，千万不要让她进来。妇人进来后，石某偷偷地去责备守门人，守门人却说："门锁得好好的，一直没人进来啊！"石某不敢去问妇人这是怎么回事。【评】门锁得好好的，妇人却进来了。这说明妇人肯定不同寻常，此处也是在提示读者妇人的真实身份不一般。

明察秋毫

妇人回到石某身边后，待家人贤淑有礼，对下人也很宽厚，对人对事可以说明察秋毫。王氏非常尊敬她，早上起来先去向她问安。两人关系很好。妇人很善良，大概觉得王氏也是受骗上当的弱女子，不能把石某抛弃自己的账算到她的头上。

有一天，石某的官印突然不见了。府中像炸开了锅，人们惶恐不安地到处搜寻，可是怎么也找不到。

妇人笑着说："大家不要担心，把井水舀干，印自然就有了。"

石某让人按照她说的做，果然找到了官印。有人问她是怎么知道的，她只是笑笑，不说话，好像明知道是谁做的，却不肯把盗印者的名字说出来。

又过了一年，石某察觉妇人的行为跟常人不同，怀疑她不是人类。石某派人在她就寝后偷听，只听到床上整夜有振衣的声音,也不知道她到底在做什么。【评】蒲松龄在这里和石某,也和读者"捉迷藏"呢。《聊斋志异》原文说妇人"终夜作振衣声",多神秘!但小说家就是不告诉你怎么回事,你暂且只管自己想象去。

比毒蛇毒,比豺狼狠

一天晚上,石某到官衙中办事没回来,王氏和妇人一起喝酒,不知不觉喝多了。妇人趴在酒桌旁边,变成了一只狐狸。

王氏敬重她、怜惜她,也不害怕,还给她盖上被子,守在一旁。

没过多久,石某回来了,王氏把这件事告诉了他。石某顿生恶念,想要杀掉狐狸。

王氏忙阻止他道:"即便她是狐狸,又有哪里对不起你了?"【评】《聊斋志异》中此语为:"即狐,何负于君?"这是本则故事的"文眼"。

石某不听,急忙去找佩刀。此时狐狸已醒了过来,化为妇人的形象,骂道:"我没想到你行事比毒蛇还毒,心肠比豺狼还狠!这个地方我肯定不能再住下去了,从前我给你吃的药,还给我吧!"

妇人说完,朝石某脸上吐了一口唾沫。

石某顿时觉得浑身发冷,像被浇了冰水,喉咙一阵发

神奇的狐狸

痒，顺势把当年吃下的药丸吐了出来。没想到，药丸竟和他吃下的时候一模一样。妇人收起药丸，气愤地走了。石某去追她，她早已无影无踪。

当天夜里，石某便旧病复发，咳血不止，过了半年就死了。

【评】妇人醉后变为狐狸，说明她是狐女所化，由此才解开前文中的一系列谜团：她为什么能让人起死回生？她为什么能从锁了的门进入府中？她为什么能知道石某的官印是被什么人偷走的？现在这些问题都有了答案。

少年读《聊斋志异》

哲理金句

虺（huǐ）蝮之行，豺狼之心

毒蛇的行为，豺狼的心肠。比喻人的品质恶劣、心术不正，就像毒蛇、豺狼一样。虺、蝮，都是毒蛇名。

文化史常识

【孝廉】孝廉是明清两代对举人的称呼，武孝廉就是武举人。有武举人的资格，可以到兵部谋取武官的职位。

【司阃】地方上的军事长官。阃，特指郭门的门槛。《史记·张释之冯唐列传》载："阃以内者，寡人制之；阃以外者，将军制之。"大意是城内由我来治理，城外就靠将军治理了。

《聊斋》里的秘密

忘恩负义的石某

狐女当年治好石某的病，是她自愿为之，用的是她经过多年修炼得来的丹药。她并没有以此要挟石某非娶她不可，而是让石某自己选择。和妇人成亲，超出石某的期望，所以他心甘情愿，毫不勉强。可以说，狐女先救石某于水火，又给石某提供银子，石某这才得以发达。

后来，狐女回到石某身边，她的所作所为也完全符合当时社会对妇女的要求。甚至可以说，狐女所求的仅仅是一个可怜的名分、一个立足之地，但连这些最基本的要求，石某都不能容忍，甚至要杀死她，其丧心病狂可见一斑！

石某如此忘恩负义，狐女骂他像毒蛇一样毒，像豺狼一样凶狠，总结得非常准确。王氏在阻止石某杀狐狸时说的"即狐，何负于君？"非常有力，也让人警醒，意思是："即便她是狐狸，又有哪里对不起你了？"可以说一语如老吏断狱，直击人心。

原典精读

一夕，石以赴臬司❶未归，妇与王饮，不觉过醉，就卧席间，化而为狐。王怜之，覆以锦褥。未几，石入，王告以异。石欲杀之，王曰："即狐，何负于君？"

注释

❶臬司：臬司衙门，指按察使司，主管一省司法。

大意

一天晚上，石某去按察使司没有回来，妇人和王氏饮酒，不知不觉喝得大醉，躺倒在酒席边，变成了一只狐狸。王氏怜惜她，给她盖上一条锦被。不一会儿，石某回来，王氏把这件怪事告诉了他。石某要杀掉狐狸。王氏说："即便她是狐狸，哪里对不起你了？"

偶遇狐狸嫁女

参加人世间的婚礼是寻常事,参加狐狸婚礼的有几人?穷书生遇见狐狸嫁女,竟被邀请做婚礼上的贵宾。

改编自《聊斋志异·狐嫁女》

说《聊斋》

蒲松龄写狐狸的传奇故事与前代作家最大的不同，在于他善于把狐狸人性化。人狐相亲、人狐相知、人狐相助的故事很多。至于狐狸嫁女的场面，写得更是有声有色，无异于人间大户人家嫁女。狐狸一家待客热情周到，颇似人间有修养的好客家庭。

主人公殷士儋为人洒脱、善于交际。他偶然闯入狐狸嫁女的场所，不惧怕、不畏缩，与其以朋友之道坦然相处，可以说与人为善、成人之美。

在蒲松龄笔下，狐狸嫁女，嫁得十分有趣，给后世留下了一幅优美的古代婚礼民俗图画。

进入荒宅

山东历城有一个叫殷士儋的读书人,他年轻时家庭贫困,却勤于读书,而且很有胆略。当时有一座世家大族的府第,占地数十亩,楼宇相连,但因为家中常出现怪异之事,逐渐荒废,院中长满荒草,白天也没人敢进去。

有一天,殷士儋和几个秀才喝酒,有人开玩笑说:"谁敢在那个府上住一晚上,咱们就凑钱请他喝酒!"

殷士儋说:"这有何难?我去!"

殷士儋带着一领席子就去了。秀才们把他送到大门口,说:"我们等你一会儿,假如你看到凶恶的怪物,记得赶快呼救!"

殷士儋笑着说:"要是真有怪物,我便捉住它们做个证明!"

殷士儋说完,便进入荒宅。院子里高高的野草把走道都遮住了,蒿艾长得密密麻麻。此时恰好月初,月亮还不太明亮,在昏黄的月光下,门户还可以分辨。他摸索着走过几重院落,来到了后边的月台上。他登上月台,发现那里光洁可爱,就留了下来。他又转头看看西边的月亮,只在山边还隐隐约约有一线月光。【评】《聊斋志异》里的这段景物描写被视为古代小说写景状物的典范,特附在文后，供大家赏析。

殷士儋在月台上坐了很久，没发现什么怪异之事，不由得暗笑传言不可信。他找了块石头枕着，躺着看天空中的星星。

做了婚礼上的贵宾

半夜时分，殷士儋迷迷糊糊中，忽然听到一阵杂乱的脚步声，似乎有人走上楼来。他假装睡着了，偷眼去看，只见一个穿着青色衣服的人挑着莲花灯走了过来。那人看见殷士儋，惊奇地退了几步，对后边的人说："有生人在！"下边问："是谁？"回答："不认识。"

不一会儿，有个老者走上来，凑近殷士儋仔细看了看，说："这是殷尚书，他已经睡熟了。咱们办咱们的事，殷相公为人豪迈，不会责怪我们的。"【评】狐叟有未卜先知的能力，预测将来殷士儋能官至尚书。

众人陆续进楼，门都打开了。又过了一会儿，只见人来人往，楼上灯光耀眼，如同白昼。

殷士儋性格洒脱，随遇而安，知道遇到狐狸了，但一点儿也不害怕。他轻轻翻了个身，故意打了个喷嚏，向狐狸表示：我醒了！

狐叟来到殷士儋跟前，跪下说：“小人有个女儿今夜要出嫁，没想到冒犯贵人，请不要怪罪。”

殷士儋忙起身，扶起狐叟说：“不知今天晚上你们家有喜事，惭愧的是我没带贺礼来……”

狐叟说：“有您大驾光临，为我们压除凶煞，实在是太幸运了！如果您肯入席陪客，将是我们极大的荣幸。”

殷士儋满口答应，进楼一看，见陈设华丽。一个四十余岁的妇人出来拜见殷士儋，狐叟介绍这是他的妻子。殷士儋向她作揖。

过了一会儿，笙管鼓乐齐响，有人跑来报告："新郎到啦！"

狐叟赶快去迎接新郎，殷士儋也立在一旁等待。

没过多久，一簇红灯笼引着新郎进来了。只见他十七八岁，俊秀文雅。

狐叟让新郎先向殷士儋行礼，殷士儋像傧相那样行半主礼。然后岳父和女婿交拜，行礼完毕，大家入席。少

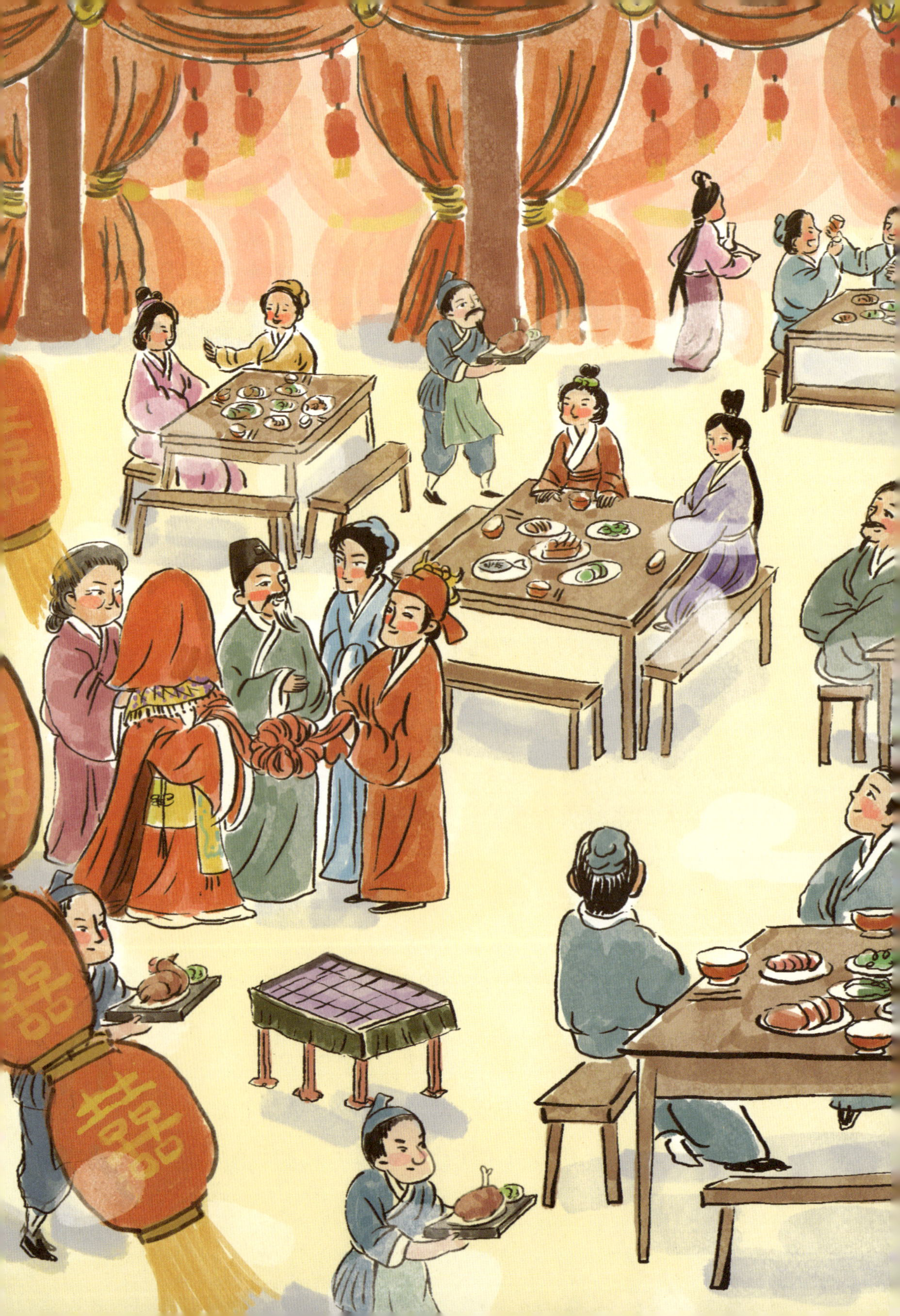
囍

神奇的狐狸

顷，衣着鲜艳的丫鬟们往来穿梭，山珍海味罗列在桌上，香气弥漫，玉碗金盘，光耀案几。

酒过数巡，狐叟让丫鬟去请小姐出来。

小姐好久不出来，狐叟又亲自去催促。不一会儿，丫鬟簇拥着新娘出来了，只听她的首饰叮当作响，身上散发出一阵阵兰花的香气。狐叟命新娘拜谢贵客。新娘拜毕，起身坐到母亲身边。殷士儋稍稍一打量，见新娘插着翡翠凤钗，挂着明珠耳坠，容貌美丽，世间少有。

酒席上，大家都用金爵敬酒。殷士儋心想：这件东西可以证明我今晚确实参加了狐狸嫁女的筵席。于是，他悄悄地把一只金爵放在袖中，假装喝多了，倚着酒桌，似乎疲倦地睡着了。

大家都说："相公醉了。"

没过多久，新郎要告辞了，顿时鼓乐大作，众人纷纷下楼。

主人收拾酒具，发现少了一只金爵，到处找不到。有人私下里说："可能是趴在那儿睡觉的殷公拿着了。"

狐叟担心被殷士儋听到，忙告诫大家："不要胡说！"

又过了一会儿，楼内外恢复了平静。殷士儋起来，只见暗黑一片，没有一星灯火，只有脂粉的香气和酒香充溢了整座屋子。等到东方发白，他便从容下楼，摸摸袖中，金爵还在。

送还金爵

殷士儋到了荒府门口，秀才们已经在等他了。

殷士儋拿出金爵来给大家看。秀才们惊讶地追问这是怎么得到的，殷士儋把自己参加狐狸嫁女的事告诉了大家。秀才们心想：这金爵也不是殷士儋这样的穷书生能拥有的啊！于是相信了他的话。

后来，殷士儋考中了进士，担任某地的县令。当地一个姓朱的世家大族宴请殷士儋。

席上，主人命仆人取大杯来饮酒，却迟迟不见上来。少顷，仆人来向主人耳语了一番。主人听了，面有怒色。

不一会儿，主人捧来金爵向殷士儋敬酒。殷士儋一看，那金爵与他当年遇到狐狸嫁女时用的丝毫不差，感到十分疑惑，便向主人询问金爵的来历。

主人说："我家里原有八只金爵，是祖上在京城做官时找能工巧匠制作的，我把它们看作传家之宝。因大人今天大驾光临，便派仆人去取来使用。没想到刚才他们说只剩七只了，我怀疑有人窃取，但箱子上有十年积存的灰尘，看上去没有任何动过的痕迹，真是不可思议！"

殷士儋笑着说："金杯羽化成仙，飞走了！然而世代相传的珍宝不可丢，我家里倒有一只跟它类似，回头奉送给你。"

神奇的狐狸

宴会结束后，殷士儋回到县衙，找出金爵，派人飞快地送去。朱家主人审视了一番，十分惊骇，连忙登门拜谢，并询问金爵的来历。

殷士儋细述当年之事，大家这才知道：千里之外的物品，狐狸都能摄取，但仅仅是借用而已，不敢留在自己手里。【评】狐狸借物必还，若干年后殷士儋又为其补还最后一只金爵，由此可见，人狐皆是正人君子！

文化史常识

【殷士儋】字正甫，济南人。明嘉靖年间进士，曾任吏部右侍郎、礼部尚书，官至武英殿大学士，人称"殷阁老"。晚年回到故里，著书讲学。殷士儋为官正直，在民间很有声誉。

原典精读

　　见长莎①蔽径，蒿艾如麻。时值上弦②，幸月色昏黄，门户可辨。摩挲③数进，始抵后楼。登月台，光洁可爱，遂止焉。西望月明，惟衔山一线④耳。

注释

❶长莎：与下文的"蒿艾"均指野草。莎，莎草，又名香附子。❷上弦：指农历每月初七或初八。❸摩挲：同"摸索"。❹衔山一线：指月落西山，余光如线。

大意

　　走进院子，见长长的莎草掩没了路径，野草如麻。这时正是月初，幸好有昏黄的月光，还能辨认出门户来。殷公摸索着过了几重院落，这才到了后楼。他登上月台，见上面光洁可爱，就停住了脚步。看了看西边的月亮，已落到山后，只剩下一线光亮。

狐狸祖母来帮忙

因为诚信做人,
他遇到狐狸祖母。
祖母教给他拼搏的道理,
还帮他抓住机会……

改编自《聊斋志异·王成》

说《聊斋》

《王成》讲的是一个既没有本钱又没有经商能力的人,因为讲诚信,得到了狐狸祖母的帮助,一举致富的故事。

当时,维持一户普通人家一年的生活,大约需要二十两银子。而故事的主人公王成竟然用一只鹌鹑就赚了六百两银子,也就是普通人家三十余年的生活费。他是怎么做到的?他遇到了什么样的际遇呢?让我们追随蒲松龄的笔锋,去寻找答案吧!

拾金不昧

山东平原有个人叫王成,他家里有长辈做官,因此生活富裕。长辈去世后,生性懒惰的他越过越穷,家里只剩下几间破房子,连被子都没有,睡觉时只能盖草席。他也不愿过这样的日子,可又想不出摆脱困境的办法。

这天,王成睡到日上三竿才爬起来,无所事事地绕着村外的凉亭闲逛。忽然,他看到乱草中有支金钗,拾起来一看,上边刻着"仪宾府造"几个字。【评】仪宾,是指亲王、郡王的女婿。王成的祖父就是衡王府的女婿。

王成虽然懒散,却不贪财。他正琢磨着怎么去寻找失主时,突然有个老太太来找金钗。王成就把金钗还给了她。

老太太说:"一支金钗值不了多少钱,只不过它是先夫的遗物,所以我觉得珍贵。"

王成问:"您的夫君是哪一位?"

老太太说:"就是已故衡王府的女婿王柬之。"

王成惊奇地说:"那是我的祖父啊!您是怎么跟他相遇的?"

老太太也很惊讶,说:"我是狐仙,一百年前我跟你祖父情意深厚。你祖父去世后,我就隐居了。前几日我路

少年读《聊斋志异》

过这里时丢了金钗,恰巧让你捡到了,这岂不是天意吗?"

王成知道祖父曾有一个狐仙妻子,马上恭恭敬敬地邀请她回家,把她当亲祖母对待,还把妻子喊出来相见。

王成的妻子穿着破烂的衣服,饿得脸色青黄。老太太看到他家里这么穷,感叹道:"王柬之的孙子穷到这个份上了?"她又看看家里的破锅灶,里边连烟火都没有,又叹道:"这样的家境,要怎么维持生活?"

王成的妻子闻言,便对老太太说起家里的困难,边说边

神奇的狐狸

哭。老太太把金钗交给她，说："你先把它当了，换些米回来，三天后我再来。"

三天后，老太太果然来了。她拿出几两银子，买来一石小麦和一石小米。老太太担负起长辈的职责，对王成说："你不要懒惰，该做个小生意维持生活，坐吃山空怎么行呢？"【评】在这里，狐狸祖母是在给王成上课：不要懒惰，可以做小买卖。这很有哲理，因为经商跟其他事情一样，不可能一蹴而就，而要积少成多、变小为大。不管买卖多小，都比坐吃山空强。

王成说："我也想做小生意，可是没有本钱……"

老太太说："我积攒了四十两银子，你先拿去买夏布，马上动身运到京城，可以得些薄利。"

宜勤勿懒，宜急勿缓

王成买了夏布，老太太叫他尽快赶到京城，叮嘱道："要勤快不要懒惰，要抓紧不要懈怠。如果你晚到一天，后悔都来不及！"【评】《聊斋志异》原文为"宜勤勿懒，宜急勿缓。迟之一日，悔之已晚！"狐狸祖母指点王成贩运夏布，是因为她预知这样做有利可图，但必须抓住时机，王成却不以为然。

王成装好货物上路了，中途遇到大雨，便找了家旅店休息。第二天道路更加泥泞，王成看到行人在烂泥里赶路，小腿都糊满泥巴。他没经历过奔波之苦，不愿意这样赶路，就又住了一夜才慢腾腾地上路。他到了京城，住进旅店，店主人惋惜道："你来晚了。前些日子皇亲府上着急用夏布，价格相当于平常的三倍。不巧的是，昨天他们就买足了。"

王成贻误了商机，只能贱价卖出夏布，亏损了十余两银子。从这件事中，王成学到了重要的一课：不抓住时机，机会便稍纵即逝。这就是狐狸祖母在他临走前交代的那十六个字："宜勤勿懒，宜急勿缓。迟之一日，悔之已晚！"【评】这十六个字可作为人生格言，不管读书还是工作，谁肯吃苦，谁就能抓住先机，取得进步；懒懒散散，固然舒服，就怕一步跟不上，步步跟不上，到时候后悔就来不及了。

卖完夏布后，王成准备回家。可他打开口袋一看——银子没了！

有人劝王成到官府告状，责令店主人赔偿。

王成却说："这是我运气不好，跟店主人有什么关系呢？"

王成虽然丢了银子，但不诿（wěi）过于人。店主人感激王成为人忠厚，便送了五两银子给他，让他回家。王成觉得没脸见狐狸祖母，进退两难。他看到有人在斗鹌鹑，赌赢一次能赚几千文钱，心中为之一动，就跟店主人商量贩鹌鹑的事。店主人很支持他，说："你住我这儿，吃住都不要钱！"

神奇的狐狸

于是，王成买了一担鹌鹑回来，没想到接连遇到阴雨天气，没法出去卖。鹌鹑放在旅店里，慢慢地死了不少，最后只剩下几只。王成便把它们合到一个笼子里养。一天早上，王成去看，笼子里只剩下一只活鹌鹑。王成非常难过，店主人劝慰他，跟他一起查看到底是怎么回事。

店主人仔细观察那只硕果仅存的小鹌鹑，说："这只鸟儿气度不凡，是个上品，其他鹌鹑可能是被它斗败啄死的。你不妨驯养它，靠斗鹌鹑来维持生活。"

王成听从店主人的建议，把鹌鹑调教好。店主人带他到街头斗鹌鹑。王成的鹌鹑雄健异常，每斗必胜。仅仅半年多的时间，王成就靠斗鹌鹑存下了一笔银子。他很欣慰，把小鹌鹑看成自家的命根子。

小鹌鹑卖了个大价钱

一天，店主人对王成说："现在有个发大财的机会，不知道你有没有这个运气。"原来，有个亲王喜欢斗鹌鹑，每到正月十五，就会让民间玩鹌鹑的人到王府比赛。店主人嘱咐王成："如果斗败了，你就自认倒霉；万一斗胜了，亲王要买你的鹌鹑，你可千万不要答应！他一定要买的话，也要等我点头才能卖。"

正月十五这天，两人到了王府。亲王从殿内走出来，让侍从对下面的人说："有愿意斗鹌鹑的，请上来！"

王成和店主人按兵不动，接连上去几个老百姓，他们的鹌鹑都败了。

这时，店主人对王成说："咱们可以上了。"

亲王是个行家，他看了看王成的鹌鹑，说："它的眼睛有条怒脉，是只勇猛善斗的鹌鹑，我不可轻敌。"于是，他下令："把我的铁嘴鹌鹑拿来！"

侍卫取来铁嘴鹌鹑，让它和王成的鹌鹑斗在一起。两只鹌鹑交锋仅几个回合，铁嘴鹌鹑就被啄得羽毛纷纷掉落。亲王不服气，换了更好的鹌鹑来斗，结果又失败了。后来，连他最厉害的鹌鹑——玉鹑——也不是对手，白羽被纷纷啄落，耷拉着翅膀逃走了。

【评】《聊斋志异》对斗鹌鹑的描写非常精彩，寥寥几笔，活灵活现："玉鹑方来，则伏如怒鸡以待之；玉鹑健喙，则起如翔鹤以击之。"这哪儿是斗鹌鹑，简直是两军对垒。双方有进有退，有攻有守。玉鹑最后"雪毛摧落，垂翅而逃"，就像曹操丢盔弃甲，败走华容道。《聊斋志异》的语言多么精彩、优美、简练！

亲王对王成的鹌鹑很感兴趣，从嘴到爪子细细观察，爱不释手。他问王成："你这只鹌鹑卖吗？"

王成来这儿的目的就是卖鹌鹑，现在买主来了，正中下怀。可王成偏偏可怜巴巴地回答："我没有固定的财产，和这只鹌鹑相依为命，不愿意卖。"

亲王说："我多给你一些钱，让你能置办家产，这样的话，你应该愿意卖了吧？"

神奇的狐狸

　　王成故意低头想了很久，说："我本来不愿意卖，既然您这么喜欢，只要您能让我丰衣足食，我还有什么要求呢？"【评】这话说得很委婉，但话里有话：您得给我足够的钱，我才肯卖。

　　亲王问："你要多少钱？"

　　王成说："一千两银子。"

　　亲王笑了："傻小子，你以为这是个什么稀世珍宝呢，值一千两银子？！"

　　王成回答："王爷不觉得它是个宝，我却觉得它价值连城。我带着它到市面上去，一天能挣好几两银子。我用挣来的银子买米买面，一家十来口人靠着它，既冻不着，也饿不着。什么宝贝能比得过它？"

　　亲王一心想把自己喜欢的鹌鹑弄到手，于是和王成讨价还价。他出价二百两，见王成摇头，又加了一百两。

　　王成见店主人仍不动声色，说："王爷想买，小人不敢不卖，那就减一百两，九百两吧！"

　　亲王说："算了吧！谁会花九百两银子买一只小小的鹌鹑呢？"

　　王成听后，装起鹌鹑假装要走。亲王像小孩子眼睁睁地看着别人把自己喜欢的玩具拿走一样，瞬间急了，喊道："斗鹌鹑的回来！给你六百两银子，不卖我真不要了！"王成这才答应。

　　王成得了六百两银子，喜出望外。店主人却说："你急什么，再拖一下，卖八百两银子没问题！"【评】店主人

165

深知亲王酷爱鹌鹑又挥金如土，王成只要稍一迟延，亲王肯定会掏八百两银子。

回到旅店后，王成把银子摆到桌子上，让店主人随便拿。店主人不肯，王成再三恳求，店主人只好拿出算盘，算出王成应交的饭钱，按数收下。

王成回到家乡，向狐狸祖母诉说了自己的经历。祖母让王成买良田、盖新房，王家俨然成了一户富贵人家。老太太每天早起，督促王成和妻子耕种、纺织。夫妻俩一想偷懒，老太太就大声呵斥。王成夫妇听从狐狸祖母的教导，不敢有任何怨言。过了三年，王成家更加富足了。

一天早上，王成夫妇照例去给狐狸祖母请安，却发现她已经不见了。

原典精读

异史氏曰:"富皆得于勤,此独得于惰,亦创闻❶也。不知一贫彻骨,而至性❷不移❸,此天所以始弃之而终怜之也。懒中岂果有富贵乎哉!"

注释

❶创闻:罕闻、罕见。❷至性:纯厚无伪的品性。❸不移:不因为处于困境而有所改变。

大意

异史氏说:"富裕都来自勤劳,唯独王成因为懒惰致富,这可是从没听说过的新鲜事。人们不知道王成虽然一贫如洗,但他耿直清正的本色却不变,这就是上天开始时抛弃他、最终又怜悯他的缘故。懒惰里边岂能真的有富贵呢!"

后记

◎马瑞芳

1978年我进入山东大学蒲松龄研究室，1985年给山东大学中文系学生开设"《聊斋志异》创作论"专题课，从1986年在人民文学出版社出版《蒲松龄评传》至今，已在国内外出版有关蒲松龄和《聊斋志异》的专著20余种。

《聊斋志异》是我国古代文学经典，蕴含着丰富的传统文化因子。优秀的传统文化是中华民族的血脉，滋养着中国人的精神家园。围绕传承发扬中华优秀传统文化，中宣部曾组织过两个重大项目：由中国作家协会承担的中国古代百位作家传记的撰写，由原文化部承担的中华传统文化百部经典的解读。蒲松龄和《聊斋志异》分别入选这两个文化项目，我都有幸参与其中并完成。

《少年读〈聊斋志异〉》是我应青岛出版社副总编辑谢蔚女士约请，针对少年儿童读者，经过反复挑选、思考写成的。

少年儿童学习传统文化非常重要，而且特别需要有针对其年龄特点和接受程度的讲解。这是近20年我在中央电视台等平台宣讲《聊斋志异》的深刻体会。2005年中央电视台播出"马瑞芳说《聊斋》"节目（共24讲），2018年喜马拉雅音频平台播出"马瑞芳讲《聊斋志异》"节目（共200讲），都在少年儿童听众中引起强烈反响。2007年上海书展期间，《马瑞芳说〈聊斋〉》一书举行首发式，有2000多名读者排队等待签名，其中有80多岁的老者，更有五六岁的孩子。这些在现实生活中发生的事让我深深地体会到：《聊斋志异》早已扎根在读者心中，受到万千读者的欢迎；很多少年儿童也非常喜欢《聊斋志异》，我们千万不能低估他们的理解能力！联想到2005年中央电视台播出"马瑞芳说《聊斋》"节目时，我8岁的孙女不仅认真听，还提了一些很好的建议。根据她的建议，我再次到中央电视台录制节目时，获得了更好的艺术效果。

这套《少年读〈聊斋志异〉》是完全针对少年儿童读者创作而成的，它的特点主要包括：

第一，精心挑选经典故事，分类归纳。《聊斋志异》全书共490多篇，本套书精心挑选50余篇名作，分《神奇的狐狸》《笔墨里的精灵》《走进大千世界》3册讲解。

第二，每则故事前都有篇前语，类似于学术界发论文的"关键词"，便于少年儿童读者一目了然，迅速了解这篇选文的主要内容。

第三，正文用通俗易懂的语言讲《聊斋志异》故事，在讲解过程中画龙点睛地加以剖析，夹叙夹议，分析少年儿童读者能从这则故事中学到什么。

第四，故事后附有"哲理金句"或"文化史常识"栏目。前者精选、提炼对人生有价值的语句，后者对选文中出现的古代文学、历史常识等做简要的说明。少年儿童读者可以在阅读

后记

《聊斋志异》故事的同时，获得若干知识。

第五，文后辟有"原典精读"板块，采用"原文节选+疑难字词注释+原文大意"的方式，便于少年儿童读者通过欣赏《聊斋志异》的经典片段，学习文言文。

在创作《少年读〈聊斋志异〉》时，我参考了以下几部书：2007年作家出版社出版的《马瑞芳说〈聊斋〉》，2008年河北教育出版社出版的《马瑞芳重校评批〈聊斋志异〉》，2013年作家出版社出版的《幻由人生：蒲松龄传》，2019年国家图书馆出版社出版的《聊斋志异（节选）》，2020年上海古籍出版社出版的《聊斋志异（精选精译）》。

我还不识字时，就总听母亲讲《聊斋志异》中的故事，现在到耄耋之年，仍然觉得《聊斋志异》博大精深，值得反复阅读。

读《聊斋志异》明事理、长知识、懂是非，我期待少年儿童从这套书中获得有益的启示！

图书在版编目（CIP）数据

神奇的狐狸 / 马瑞芳著. — 青岛：青岛出版社，2023.1
（少年读《聊斋志异》）
ISBN 978-7-5736-0474-3

Ⅰ.①神… Ⅱ.①马… Ⅲ.①《聊斋志异》– 少年读物 Ⅳ.①I207.419-49

中国版本图书馆CIP数据核字（2022）第235695号

SHENQI DE HULI（SHAONIAN DU《LIAOZHAI ZHIYI》）

书　　名	神奇的狐狸（少年读《聊斋志异》）
著　　者	马瑞芳
出版发行	青岛出版社
社　　址	青岛市崂山区海尔路182号（266061）
本社网址	http://www.qdpub.com
邮购电话	0532-68068091
策　　划	谢　蔚
责任编辑	刘　强　步昕程　李晗菲
特约编辑	刘　朋　李子奇
装帧设计	滕　乐　宫爱萍
全书插图	沐小圈童书工作室
制　　版	青岛乐喜力科技发展有限公司
印　　刷	青岛乐喜力科技发展有限公司
出版日期	2023年1月第1版　2024年7月第4次印刷
开　　本	16开（710mm×1000mm）
印　　张	11.5
字　　数	160千
书　　号	ISBN 978-7-5736-0474-3
定　　价	38.00元

编校印装质量、盗版监督服务电话：4006532017　0532-68068050
建议上架：儿童读物